小学館文庫

今日、恋をはじめます

高瀬ゆのか
原作　水波風南
脚本　浅野妙子

小学館

今日、恋をはじめます

I

高校生になったら、夢みたいな毎日が待っていると信じていた。
めいっぱいおしゃれをして。
心からわかりあえる友達と出会って。
もしかしたら、初めての恋だってはじまるかもしれない。

だけど思ってもみなかった。
その相手があんなやつだなんて。
今まで出会った中で最低最悪の、あんなやつに恋をすることになるなんて——。

鏡に映る自分の姿を見て、あたしは一つため息をついた。膝より長いスカートに、足首で折り返した白い靴下。そしてかっちりと編み込んだ二本のおさげ。
これがダサイ格好だってことはわかっている。今日から女子高生、それにあたしが入学する高校の制服はかわいいと評判らしいから、本当はもっとおしゃれに着こなすべきなんだろう。チェックのプリーツスカートは短く切って、長い黒髪は緩く巻くとかアレンジして。

でも、あたしにそんなのは似合わないってこともわかっている。何せ中学時代は「ガリ勉」と陰口を叩かれていたくらいだ。

そういうかわいいスタイルが似合うのは、例えば……

「おねーちゃん！」

その姿を頭に思い浮かべた瞬間、部屋のドアが勢いよく開け放たれて、妹のさくらが飛び込んできた。

「もう、声かけてから開けてっていつも……」

「ごめんっ！　後でゆっくり反省するから、いつものアレやって！」

半泣きで訴えるさくらの髪はボサボサだ。返事を待たずドレッサーの前に座る一つ年下の妹に負け、あたしはブラシを手に取った。

その髪を揃って丁寧に梳《と》かしながら、鏡に映るさくらの姿を眺める。明るい茶色に染めた髪に、着崩したセーラー服。とても短くしたスカートから細い腿を惜しげもなく曝している。

そう、かわいいスタイルが似合うのはこういう子だ。明るくて華やかで自信に満ちていて。大きな目の形は姉妹でよく似ているけど、印象はまるで違う。

「はい、できたよ」

適度に崩したシニョンから手を離すと、さくらは花が咲くような笑顔になった。

「うわーっ、早い！　かわいーっ！」

あたしもつられてにっこり笑う。

朝さくらの髪をアレンジしてあげるのは、あたしの日課であり楽しみでもある。自分はかわいくなれなくても、妹の髪をかわいくしてあげられれば、それだけで幸せなんだ。

「おねーちゃん、ありがと！　行ってきまーす！」

さくらはVサインを残し、短いスカートを翻して出ていった。

その姿を見送ってから、再び鏡に目を戻してふっと息をつく。いいんだ、あたしはこれで。

その時、さくらが開けっ放しにしたドアからお母さんが顔を覗かせた。

「支度は済んだ、つばき？」

そう言うお母さんはスーツを着て胸にコサージュを付け、すっかり準備万端、整っている。見るからに入学式に参列する父兄そのもの。

お母さんはあたしの前に立ち、制服の胸のリボンを整えながら、今まで何度も聞かされてきた言葉を繰り返す。

「滑り止めの滑り止めで受かった高校で、気が進まないのはわかるけど、ここが踏ん張りどころだからね。周りに惑わされてレベル落とさないようにがんばんなさい。受験はアガリ性で失敗しちゃったけど、あんたは頭はいいんだから。大学くらいいいとこ出てないと、今の世の中、お先まっくらだからね」

ぽんと肩を叩かれて、あたしは目を伏せて微笑んだ。

「……はい、お母さん」

受験の日のこと、合格発表の日のことはもう思い出したくもない。ガリ勉と呼ばれてまで必死で勉強したのに、第一志望の高校には落ち、滑り止めの高校にまで落ちてしまった。

そして唯一、合格したのは、進学校とは程遠い明應《めいおう》高校。志望校とは天地の差があるいわゆる底辺校に、あたしは今日から通わなくちゃいけない。

でも挫けるもんか。お母さんの言う通り、周りに染まらずにちゃんと勉強して、大学受験でリベンジするんだ。

改めて自分に言い聞かせ、あたしは表情を引き締めた。

「じゃあ先に行くね」

軋む階段を下りていくと、お父さんがそわそわした様子で待っていた。

「つばき、行く前に一枚」

そう言って顎をしゃくった方向には、写真スタジオがある。我が日比野《ひびの》家は代々続く写真館なんだ。

デジカメ全盛の今、記念写真を撮る人はめっきり減ってしまって、うちには築五十年の母屋を改築する余裕もない。でもお父さんは昔ながらのカメラが好きで、何かというとスタジオで家族の写真を撮りたがる。あたしやさくらの誕生、七五三、入学や卒業。

「ごめん、お父さん。あんまり時間ないから帰ってからにして」

「え？　まだ大丈夫だろう？」

「余裕を持って着いておきたいの。慣れない道だから迷うかもしれないし」

「つばきは真面目だな」

実の親にまで言われてしまった。もっとも、真面目であることを悪いなんて思わないけど。

玄関を出ると、明るい春の日差しが目に飛び込んできた。その眩《まばゆ》さにあたしは少し怯《ひる》み、俯きがちになって足早に歩き出す。

高校生活、初日。滑り止めの滑り止めだった三流高校に期待なんてしないけど……これからどんな毎日が始まるんだろう。

学校の正門が見えてきた頃には、同じ年頃の男女が周りに増えていた。たぶん同じ明應高校の新入生だ。

そっと様子を窺ってみて、あたしは愕然とした。茶髪。ピアス。制服は同じデザインとは思えないほど着崩され、中には私服を組み合わせて着ている人もいる。

これがあたしの同級生？　この人たちと三年間も一緒に過ごすの？

思わず立ち止まったあたしに、後ろから来た女子生徒が軽くぶつかった。

「あ、ごめんなさい」

慌てて謝ると、ぶつかった彼女をはじめ明應生たちの注目が集まる。身を硬くしたあたしの耳に、嘲るような声とクスクス笑いが聞こえてきた。

「何あれー？　超ダサイんですけど」

「マジでウチの高校の生徒？」

「現代人じゃなくね？　戦時中の人じゃん」

その口調は軽くて、ノリのいい笑い声が連鎖して広がっていく。

呆然としていたあたしは我に返り、おさげを揺らして頭《かぶり》を振った。

だめだ、周りに惑わされちゃ。この人たちは何も考えずに三流高校に入り、お母さんいわく「お先まっくら」な人生を歩んでいく人たちで、運悪く失敗してここに通う羽目になったあたしとは違うんだから。

あたしはキッと顎を上げ、再び足を踏み出そうとした。

ところがそのとたん、今度は前にいた男子生徒にぶつかった。拍子に鞄を取り落としてしまい、中に入っていた書類や筆記用具が地面に散らばる。

「ご、ごめんなさい！」

慌ててしゃがんで拾おうとすると、相手もすぐ目の前に屈み込んだ。

「あーあ、何だよ」

うんざりしたような声と、茶色いロン毛にぎくりとする。絶対、苦手なタイプだ。

早く拾って離れようと手を動かしかけた時、

「おーい、つばきー！」

誰かに名前を呼ばれて、あたしは反射的に立ち上がった。

「はいっ！」

つい大声で返事をしてから、再び注目を浴びていることに気付いて固まってしまう。

あたしを呼んだのは誰？　うろたえて視線を彷徨《さまよ》わせると、こっちを見ている生徒たちの中に、戸惑ったように口を開けている男子生徒の姿を見つけた。茶髪にパーマをかけ派手なピアスを付けた、いかにもチャラチャラした感じの人。

誰？　こんな人、知らない。知っているわけがない。

目を白黒させていると、屈んでいた男子生徒がゆっくりと立ち上がった。あたしよりも頭一つ高い位置から、じろじろと値踏みするように見下ろしてくる。

「何、あんたもつばきっていうんだ」

「は、はい」

緊張して答えてから、はっとした。

あんた……も？　ということは、この人の名前も「つばき」っていうの？

あたしはこわごわと彼を見返した。

だらしなく緩めたネクタイに、ボタンを外してはだけた襟元。そこから見えるシルバーのネックレスに、無造作な感じのロン毛が絡まっている。すらりと背が高くて、顔立ちも涼しげに整っていて、テレビや雑誌の中でも見られないようなすごいイケメンだ。

だけどあたしは苦手。と言うより嫌いだ。軽薄そうだし、見た目ばかり気にして中身がなさそうだから。それにこういう人は、必ずあたしみたいな女子を馬鹿にする。

ぱっと顔を下に向けたあたしは、彼の手に自分の筆箱が握られていることに気付いた。それに記した名前を彼の声がなぞる。

「日比野つばき」

その声にはおもしろがるような響きがあって、あたしは肩に力を入れた。

「持ち物に名前書くか、高校生が。おまえ、昭和女って感じだな」

「か、返してください」

硬い声で言って、力任せに筆箱を奪い返す。

やっぱり思った通りだった。こんな人と関わったら、傷つけられるばかりでろくなことはない。

一瞬の沈黙が落ちたところへ、女子生徒たちの黄色い声が近づいてきた。

「ちょっとアレ、噂の椿京汰《つばききようた》？」

「かっこいーー！」

あっという間に彼を取り囲んだ彼女らの制服は、ほとんど原形を留めていない。その顔はギャル雑誌から抜け出てきたようなメイクに彩られている。

「椿君、ケータイの番号教えて！」

たちまち人垣から弾き出されたあたしには目もくれず、彼は両手で女子生徒たちの肩を抱いた。

「おう、いいよ」

……軽い。見た目通りの節操のなさ。

「初日から女子にひっかかってんじゃねーよ」

さっき「つばき」と声をかけた男子生徒が笑いながら合流し、一団となって校舎へと吸い込まれていく。これが高校生の登校風景だなんて。

あたしは目眩《めまい》を覚えながら、中でも格別に目立つロン毛の彼の背中を見つめた。

椿京汰――。

「……やなやつ」


そんな彼の姿を次に見つけたのは、入学式のために集まった体育館だった。

「新入生代表挨拶、椿京汰」

先生の声に応えて壇上に上がったのは、間違いなくあのロン毛男だ。

自分の耳と目が変になったのかと思った。だって新入生代表ということは、入試の成績がトップだったということ。あの見た目で、あの軽さで、あたしより上だったということだ。

長いスカートをきつく握り締めるあたしをよそに、女子生徒たちの歓声が体育館に響き渡る。まるで人気アイドルのコンサートみたいに。

ぎょっとするあたしとは対照的に、椿京汰は眉一つ動かさずにマイクの前に立った。緊張するどころか冷めた目をしている。

「えー、暖かな春の光に誘われて……って、何だっけ。すいません、カンペ忘れたんで後はテキトーで」

　あたしは目を見開いた。

「とにかくテキトーに過ごして、テキトーに楽しくやるんで、まあよろしく。以上」

　きゃー、かっこいー、と女子生徒たちの歓声がいっそう大きくなる。

　かっこいい……？　あたしは瞬きさえできずに呆然としていた。手に痛いほど力が入り、握り締めたスカートはぐしゃぐしゃになっている。

　テキトーに、テキトーに。こんないいかげんなやつに、あたしは入試で負けたのか。もっとずっとレベルの高い高校を目指して、あんなに勉強したのに。

　努力を嘲笑われた気がした。歯を食い縛ってがんばってきた自分がかわいそうで、惨めで、どうしようもなく悔しくて。

　ふいに滲みそうになった涙をぐっと堪《こら》え、あたしは壇上を睨みつけた。

　あんなのがかっこいいなんて思わない。あれがかっこよさだって言うなら、あたしはみっともなくていい。

　椿京汰、あんたなんかに二度と負けない！

　決意も新たに教室へ向かったあたしは、眼鏡をかけて、黒板に貼り出された座席表を確認した。よかった、最後列だ。これなら目立たなくてすむ。

　どこ中出身？　名前で呼んでいい？　交流を図ろうとざわざわしているクラスメー

トの間を縫って、あたしは黙って自分の席に移動した。配付されたプリントを机の上に揃え、名前を記した筆箱を置く。先生が来るまでの間に、年間予定表を生徒手帳に書き写しておこう。

そう思ってせっせとペンを動かしていた時、ふいに手元が暗くなった。何だろうと顔を上げたあたしは、その瞬間にぴしっと固まった。

椿京汰。

あの適当ロン毛男が、なぜかあたしの机に両手をついて、覆い被さるようにこっちを見下ろしている。

あたしは慌てて思い切り顔を背けた。でも椿京汰はあたしの視線に合わせて体をずらし、無理やり視界に入り込んでくる。その端整な顔に浮かぶのは、からかうような微笑。

ぐいっと顔を近づけられ、彼の長い髪が鼻先をくすぐった。

「や、やめてください」

「席が隣なんだよ、たまたま」

「えっ」

最悪だ。どうやら同じクラスらしいというだけでも嫌なのに、よりによって隣の席だなんて。

「それとも何？　キスされるとでも思った？」

椿京汰が意地悪そうに笑みを深めて言った瞬間、教室内が一際ざわめいた。みんなの視線が一斉に集まってきて、たじろいだあたしは口ごもってしまう。

「そ、そんなこと、別にあたしは……」

「あのさあ、マジでウケ狙っててんじゃねえよな、そのカッコ。指定の制服にイマドキおさげ髪って、戦時中かっつーの。今度あれだ、あのモンペっつーの穿いてこいよ。持ってんだろ？　な、みんなも見てえよな？　見たいやつ、はーい」

あたしの言い分なんか聞きもしないで、椿京汰はクラスメートたちを見回した。とたんにどっと笑いが起き、あちこちで「はーい」と手が挙がる。

最低、バカみたい。ううん、こいつらは正真正銘のバカなんだ。バカ高校に集まったバカの群れ。なんであたしはこんなところにいるんだろう。

情けなくて、堪《たま》らなくて、気が付けば立ち上がり、筆箱から鋏を摑み出していた。悲鳴が上がるのをどこか遠くに聞きながら、震える手を椿京汰に向ける。

「何やってんの」

クラスメートが固唾《かたず》を吞んで見守る中、当の彼だけは平然として小首を傾げた。長い髪がだらしなく顔に落ちかかり、嫌悪感を刺激する。

余裕たっぷりの態度に吞まれそうになり、あたしは鋏を握り直した。

「か、髪が邪魔なんです」

「は？」

「うっとうしいんです、そのロン毛。もっと高校生らしい髪型があると思うし」

椿京汰は一瞬ぽかんとしてから、バカにしたように鼻で笑った。

「マジかよ。ダサイおまえに、なんで俺がそんなこと言われなきゃなんねーわけ？」

「これ以上からかうんだったら、ほんとにその髪、ばさっといきますから！　いいんですか？」

語気を荒らげ、構えた鋏を強く突き出す。

すると彼は形のいい眉をぴくりと動かし、改めてまじまじとあたしを見つめた。興味深い何かを観察するように。

「ちょっと！　調子こいてんじゃねーよ！」

黙っている椿京汰に代わって声を張り上げたのは、彼の傍《そば》に群がっていた女子生徒の内の一人だ。アイラインとマスカラでくっきりと縁取られた目で、きつく睨みつけてくる。

「京汰に手ェ出したらマジで許さねーから」

「そーだよ。ダサイくせにキスされるとか、勘違いしないでよ」

友達らしい、そっくりのメイクをした女子が加勢する。

「そーゆー妄想は一人でしなっつーの。てゆーか、あんたの髪こそウチらが切ってあげようか」

最初に声を上げた女子生徒が、強引に鋏を奪い取った。同時にもう一人があたしのおさげを摑んで引っ張る。あたしは痛みに小さな悲鳴を漏らし、バランスを崩しながら席から引きずり出された。身を捩《よじ》って逃れようとするけど、彼女らの容赦ない力は緩まない。

毛先に迫る鋭い刃。思わず目を閉じたあたしの耳に届くのは、笑い声や囃し立てる声ばかりだ。誰も助けてなんかくれない。あたしの味方になってくれる人は一人もいない。

本当に最低。だからこんな学校、来たくなかったのに。

あたしはおさげが切り落とされるのを覚悟して、全身に力を入れた。

ところがその時、いきなり後ろから首根っこを引っ張られた。驚いて目を開けると、鋏を手にした女子生徒たちも目を丸くしている。解放されたおさげは……無事だ。

ほっと息をつきかけたあたしは、けれど頭上から降ってきた声に再び身を硬くした。

「わりぃ、わりぃ、手ェ出さないでくれる？」

この声は、椿京汰。彼があたしのすぐ後ろに立っている。

じゃあ、首根っこを引っ張って助けてくれたのは……？　ううん、まさかそんな。

混乱して目を瞬《しばたた》いたあたしは、続く彼の発言に凍りついた。

「こいつ、今日から俺の女にするから」

一瞬、教室がしんと静まり返り、直後に女子生徒たちの不満が爆発した。その声を代表するように、鋏を持った女子生徒が血相を変えて詰め寄る。

「どーゆーつもりだよ、京汰。冗談だろ、もちろん」

「いや、本気」

あっさり答えるその態度は、やはり冗談とも本気ともつかない。

女子生徒たちはさっきまでの威勢を失って、青ざめた顔を見合わせている。

その光景を呆然と眺めながら、あたしは椿京汰の言葉を反芻していた。

こいつ、今日から俺の女にするから。

こいつってあたしのこと……？　俺の女って……。

そんなあたしの肩に手がかけられ、くるりと体の向きを反転させられる。

真正面に立つ、椿京汰。

至近距離で見下ろしてくる、人を食ったような笑顔。

思わず息を呑んだ時、急にその顔が近づいてきた。

逃れる間もなく、強引に唇を奪われる。

生温かく柔らかい感触。

椿京汰の唇の。

零れそうなほど大きく瞠《みは》った目に、ゆっくりと離れていく彼の顔が映った。軽く伏せられた睫毛《まつげ》の下から、表情を観察するみたいにあたしを見ている。口元に薄い笑みを浮かべて。

痺れたような鼓膜に、クラスメートの声が突き刺さった。女子生徒の悲鳴、男子生徒の歓声。

それを聞いている内に、真っ白になった頭がだんだんと事実を理解し始める。

キス、された。

椿京汰に。

みんなが見ている前で。

あたしはドンッと椿京汰の胸を突き飛ばした。バランスを崩した彼の横をすり抜け、教室から飛び出す。

よりによってあんなやつにキスされるなんて！

あたしのことを好きでもないくせに。

めちゃくちゃに廊下を走りながら、あたしは手の甲で唇を拭った。必死で何度も擦《こす》るけど、あの感触は消えてくれない。

「ファーストキスだったのに……」

呟くと涙が溢れ出した。唇と、それ以上に胸がひりひりと痛んだ。

高校生活初日。その最低最悪な一日の出来事を、あたしは夢だと思い込もうとした。でもそうじゃない証拠に、次の日からあたしはクラス内で完全に孤立してしまっていた。孤立するのはいい。来るはずじゃなかったこんな学校で、レベルの違うクラスメートと仲よくなろうなんて思わないから。

だけど困るのは、春祭の実行委員を決めるようなこんな時。春祭というのは、文字通り春に行われる文化祭のことだ。

「日比野さんがいいと思いまーす」

わざとらしい言い方であたしの名を挙げたのは、昨日おさげを摑んだ女子生徒だった。確か名前は米沢さん。

米沢さんはわざわざあたしの方を振り返ってから、仲よしらしい山内さんと目配せをして笑った。山内さんは昨日、鋏を奪い取った人だ。どうやらあたしは彼女らにすっかり目をつけられてしまったらしい。

「誰か他に推薦か立候補いませんか？」

担任の呑気《のんき》な声を聞きながら、あたしはなす術《すべ》もなく机に視線を落とす。あたしみたいにいきなり目の敵《かたき》にされているんでもなければ、推薦なんてあるわけがない。立候補はなおさら。

密かにため息をついた時、

「はい」

すぐ傍で応じる声があって、あたしは驚いて顔を上げた。恐る恐る隣の席を見ると、つまらなそうに頬杖をついた椿京汰が片手を挙げている。

米沢さんたちが勢いよく振り返ったのが、視界の端に見えた。あたしはじっと椿京汰を観察してみるけど、その横顔からは何の感情も読み取れない。

実はイベントに燃えるタイプとか？　リーダーシップを取るのが好きとか？　そんな風には見えないけど……。

それから数日が経っても、椿京汰の真意はやっぱりわからないままだった。ただ春祭に対して積極的なわけじゃないことは、今の態度からよくわかる。

あたしたち一年一組は縁日をやることになり、その出し物を決めるためのホームルーム中だ。なのに教壇に立ってせっせと板書しているあたしをよそに、彼は自分の席に座ったまま、退屈そうに椅子を前後に揺らしている。

あたしは無視を決め込み、チョークを置いてクラスメートの方を向いた。黒板には、チョコバナナ、ヨーヨー、射的、わたあめなどの文字が並んでいる。

「この中から幾つか、多数決でやるものを決めていきます」

すると誰からともなく、てんでばらばらな意見が口々に寄せられた。

「射的は外せねーよな」

「えー、それ言ったらヨーヨー釣りでしょー」

「全部やっちゃえよ。そのくらい派手じゃねーと縁日って感じしねーし」

あたしは落ち着いて眼鏡をかけ、電卓とメモ帳を取り出した。

「それ全部やると、一人につき一万円の参加費がかかりますけど」

「一万⁉」

とたんに押し寄せてきた大声にたじろぎつつ、眼鏡を押し上げて説明する。

「昨夜ネットで調べた結果です。バナナ百本、三千円。チョコレート三缶、五千五百円。ヨーヨー、四千五百円。ヨーヨーを入れる水槽、三個レンタルで一日一万円。射的用の銃、レンタル一挺につき……」

「はあ⁉　何言ってんの？　一人一万なんて払えるわけないじゃん」

ことさら大きな声で発言を遮ったのは、あたしを特に敵視している二人組の一人、山内さんだ。かなり明るい色のロングヘアをかき上げ、呆気に取られているクラスメートを見回す。

「そんなんならやめよーよ、春祭なんて。一年一組は不参加でいーんじゃない？」

「同じカネ払うんだったら、カラオケとか行って遊んだ方がいいしね。不参加に賛成の人ー！」

米沢さんがすかさず同調し、さらに仲間を募る。

「ちょ、ちょっと待ってください！　不参加はやめましょうよ。せっかくクラスの団結を強めるいい機会なんだから」

「うぜーんだよ、ガリ勉。団結って、あんたが一番、団結してねーんだよ」

あたしは慌てて口を挟んだけど、こっちに向き直った山内さんに痛いところを突かれた。事実だけに、返す言葉もなく黙り込んでしまう。

何か言わなければと焦って視線を彷徨わせると、教室の後ろに貼られた画用紙が目に入った。「1年1組好きなものランキング」と題して、流行《はや》っているらしいファッションや音楽なんかが順位付けされている。

だけどあたしはそこに書かれたものをほとんど知らない。このランキングを誰が作ったのかも知らない。思えば、クラスメートの名前さえろくに憶《おぼ》えようとしていなかった。

自分はこの人たちとは違うと、ここはあたしの居場所じゃないと、頭から拒絶していたから。

「あんた、ウチらのことバカにしてない？　どうせ、ここはあたしの来たい学校じゃなかった、とか思ってんだろ」

「そ、そんなこと……」

「声が小せーんだよ！」

見透かされてつい口ごもると、すぐさま怒鳴りつけられる。肩を竦めたあたしを横目に、米沢さんが立ち上がり、キーホルダーやマスコットだらけの鞄を持ち上げた。

「委員がそんなんだから、決まるものも決まらないんじゃん。さ、帰ろ帰ろ」

その動きにつられるように、他の生徒たちもだんだんと席を立ち始める。

「ちょ、ちょっとみんな……」

あたしは制止しようとしたけど、その声には勢いがなく、続ける言葉が見つからなかった。だって何を言えばいいんだろう。山内さんの指摘は事実なのに、今さら団結なんて口にしても白々しい。

どうでもよさそうに、あるいは少し申し訳なさそうに、次々に席を立つクラスメートたち。誰かが立ち上がる度にあたしはびくっとしてそちらを見、でもどうすることも、何を言うこともできない。

そうしている内に、ふと椿京汰と目が合った。

この時のあたしがどんなに情けない顔をしていたか、それは考えたくない。きっと泣き出す寸前の、縋るような顔だろう。

長い脚を机の上に投げ出した彼は、ちょいちょいと指を曲げてあたしを呼んだ。おずおずと教壇を下りて近づくと、やはり指だけ動かす尊大な態度で、さらに顔を寄せるよう要求してくる。

入学初日のことを思い出し、あたしは警戒してためらった。でもそうしている間にも教室を出る生徒は増えていき、このままでは春祭の不参加は決定的だ。

あたしは思い切って椿京汰に顔を近づけた。

すると彼は微かに笑い、あたしの耳元に口を寄せた。

「助けてやったら、俺の言うこと聞く？」

「な、何ですか」

「俺とデートする。つーか、デートしてくださいって俺にお願いする」

思いもかけない交換条件に、あたしはつい声を大きくした。

「そんなこと、できるわけないじゃないですか！」

協力の代わりにデートだなんて、あたしの気持ちを何だと思っているんだろう。だいたい彼は実行委員の一人なんだから、協力するのが当たり前で、交換条件なんか出せる立場じゃないはずだ。

あたしの大声に驚いた何人かが振り返り、でもすぐにまた帰り支度を始めてしまった。話を聞いてくれるんじゃないかと膨らみかけた希望は、がくりと垂れた肩から、たちまち滑り落ちてしまう。

「まずいなあ。これ、うちのクラスだけ参加しないってことになると、実行委員の責任ってことになっちまうなあ」

脅すことを楽しむような椿京汰の言葉に、あたしはぎくりと顔を強張らせた。そんなことになったら、もしかして内申にも響くかもしれない。大学の推薦を視野に入れた場合、それはとてもまずい。

出ていく生徒たちと、椿京汰の意地の悪い笑顔を、あたしは交互に見比べた。椿京汰は「どっちでもいいんだぞ」という表情で、あたしが迷うのをおもしろがっているようだ。

こんなやつとデートなんかしたくない。したくないけど……。

あたしはぎゅっと目を瞑《つぶ》り、彼の耳元に囁いた。

「あたしと……デ、デートしてください」

消え入りそうな声だったけど、彼にはちゃんと届いたらしい。

椿京汰はスイッチが入ったようにいきなり立ち上がると、ざわつく教室中に響く声で言った。

「よし、こうしよう！　一万なんて払わなくていいぞ。逆に稼げる春祭にしよーぜ！」

びっくりしたのは、もちろんあたしだけじゃない。

「稼げる？」

教室を出ようとしていた男子生徒が振り返り、帰り支度をしていた生徒たちも手を止めて椿京汰に注目している。すでに廊下に出ていた生徒たちも、この声を聞きつけて、あるいは友達に呼ばれて戻ってきた。気付けば一年一組の全員が揃っている。

「どうやって稼ぐんだよ？」

鞄を机に置いた山内さんが半信半疑の様子で尋ねると、椿京汰は自信ありげに笑って、つかつかと教壇に近づいた。出し物の候補が書き連ねられた黒板を、長い指でトンと叩く。

「例えば、この射的用の銃。エアガン持ってるやつ、いたら手ェ挙げろ。西希《にしき》、おまえも持ってたよな？」

「あ、ああ」

名指しされて当惑したように頷いたのは、入学式の日、昇降口の前で「つばき」と呼びかけた男子生徒だ。

椿京汰の親しい友達の、長谷川西希君。

彼の他に、二人の男子生徒がエアガンを持っていると名乗り出た。

「よし、三挺あるからレンタルしなくて済むな。景品は、いらなくなったゲームソフトとかぬいぐるみとか掻き集めりゃいいし」

椿京汰は満足げに頷き、すぐに次のアイディアを口にする。

「それとヨーヨー釣りの水槽、子ども用のビニールプールで代用できるだろ」

「あ、あたし、それだったら持ってる」

「そういえば、わたあめ作る機械、おばあちゃんちにあるかも」

一人の女子生徒が手を挙げたのを皮切りに、次々に自己申告が始まった。ついさっきまで参加をやめようとしていたのが嘘みたいに、みんなが春祭に向かって動き始める。それも嫌々じゃなく、顔を輝かせて楽しそうに。

「ガッツリ稼いで、ガッツリ山分けしよーぜ！」

強気な笑顔で発破をかける椿京汰を、あたしは瞬きもせずに見つめていた。

彼が変えたんだ。あたしにはどうにもできなかったクラスの雰囲気を、一瞬で。呼吸でもするみたいにあっさりと。まるで魔法でもかけたみたいに。

軽薄で意地悪でいいかげんだけど、すごい人。どうにもならない窮地から、鮮やかに助け出してくれた人。

椿京汰。……椿君。

あたしの視線に気づいて、彼は少し目を細めた。

とたんに胸がドキッと高鳴り、あたしはうろたえて顔を背ける。

何だろう、ドキッて。たしかに見直したけど、そんなんじゃないのに。

そっと視線を上げて椿君の様子を窺うと、彼はこっちに向かって歩いてくるところだった。わけもなく頬が熱くなり、逃げ出したいような衝動に駆られるけど、逃げるところなんてない。

「せっかくだから、女子はみんな浴衣ってのはどうだ」

歩きながらそう提案した椿君は、あたしのすぐ傍で立ち止まると、がしっとあたしの肩を抱いて前に押し出した。

「この昭和女が、きっちり全員分の着付けを担当するから」

「え⁉」

勝手な物言いに、あたしはぎょっとして彼を見上げる。

昭和女ってあたしのことだよね？　入学式の日、出合い頭にそう言われたし。

だけどあたしには浴衣の着付けなんてできない。

あたしの反論を封じるように、椿君は先回りして小声で言った。

「できなくても覚えろ。役に立てよ、少しは」

悔しいけど言い返せない。春祭に向けてクラスを纏めたのは椿君で、現実的な方法を提案したのも椿君。このまま何もしないんじゃ、あたしなんていなくてもいいってことになる。

「マスターしてやるわよ、浴衣の着付け」

クラスメートが浴衣のアイディアに沸く中、あたしは腹を括って引き受けた。役立たずのお荷物でなんかいたくない。

椿君はふっと笑って、あたしにしか聞こえない声で囁いた。

「帰るぞ」

一方的に告げるなり、さっさと鞄を持って出ていこうとする。

「待って。決まったことを纏めて先生に報告しなきゃ……」

そう言ってノートを取り出してから、あたしは自分の発言のおかしさに気付いた。待って、なんて。椿君と一緒に帰る理由なんかないのに。

だけど椿君は偉そうにこう答えた。

「待っててやるから早くしろよ」


あたしはすっかりペースに乗せられる形で、大急ぎで職員室に行ってから、彼と連れ立って昇降口を出た。

グラウンドの方からは運動部の掛け声が聞こえてくるけど、この辺りには人気《ひとけ》はない。オレンジに染まった鱗雲を見上げて、あたしはほっと息をついた。椿君と一緒のところを誰かに見られたら、また敵を増やす羽目になるから。

「ありがとうございました」

前を歩いていた椿君が、唐突にそう言って振り返った。明るい色の髪がさらさら揺れて陽光を弾く。

「……って言うんだろ。普通、こういう時は」

ああ、そういうことか。クラスを纏めてもらったことについて、まだお礼を言っていなかった。

あたしは素直に口を開きかけ、でも途中ではたと思い直して口を閉じた。よく考えれば、あたしがお礼を言うのは変だ。たしかに助けられたし嬉しかったし見直したけど、あれは同じ実行委員の彼の仕事でもあるわけで。

あたしが黙り込むのを見て、椿君はさして拘《こだわ》る様子もなく息をついた。

「ま、いいや。お礼はデートの時にたっぷりしてもらうか」

「あ……！」

そうだ、そんな約束をさせられたんだった。あたしとデートしてください――無理やり言わされた言葉を思い出したとたん、全身がかっと熱くなる。

「あの時はああ言うしかなかったから言っただけで、デートしたいなんて全然……」

慌てて食ってかかるけど、椿君はまったく意に介さない。それどころかいたぶるような笑みを浮かべ、信じられないことを言ってきた。

「素直になれよ。おまえ、俺に惚れてるだろ」

「はあ⁉」

「てか、俺の女になってよかったって思ってるだろ」

「あ、あなたの女になんかなったつもりはありません！」

衝撃のあまりに声が上擦り、言葉がうまく出てこない。どうしたらそんな勘違いができるんだろう。この自信過剰男！

「何言ってんの。つーか、もういいだろ。とっくにキスもしてんだし」

その瞬間、頭の芯がすっと冷えた。強引に奪われたキスの感触が唇に甦る。

もういい？ 彼の中ではそんな風に簡単に流せるものなんだろうけど、あたしにとっては。

「あれは……あんなのはキスじゃない」

「え？」

「キスっていうのは、ちゃんとお互い好きになって、そういう相手とするもので……一生添い遂げるって決めた人とするもので……。初めてのキスは初めて好きになった人とって、そう思って大事にしてたのに……」

地味でダサイあたしだけど、恋に興味がないわけじゃない。格好よくなくていいから優しい誰かに出会って、大切に想いを育んで、いつかはウエディングドレスを着て――そんな人並みの夢だってある。ファーストキスも、いろんな初めても、全部その人と経験したかった。

「一生添い遂げるって……マジかよ」

椿君の目はまん丸に見開かれている。理解できないっていう顔。

この人は気持ちがなくてもキスできる人なんだ。からかうためだけに、ただの遊びで。

悲しみと怒りが綯《な》い交ぜになって込み上げ、あたしは胸のリボンを強く握り締めた。

「だから、あんなのはキスじゃないです！」

叩きつけるように言い放ち、一気に彼を追い越して走り去る。

あたしが彼に惚れてるって椿君は言ったけど、そんなことありえない。

こんな最低な人、好きになるわけがない――。

II

翌日、登校したあたしを迎えたのは、クラスメートたちのごく普通の挨拶だった。特に親しげじゃないけど険もない。初日の騒動に続いて昨日も一悶着あったから、いっそう白い目を向けられるのを覚悟していたのに、最終的にいい雰囲気に纏まったのがよかったんだろうか。だとしたら……

あたしは少し後に教室に入ってきた椿君を横目で見た。相変わらずチャラチャラした格好で、派手な女子に囲まれている。

人間性は最低だけど、やっぱり彼のおかげだ。

「お、おはよう」

隣の席に鞄を置く彼に一応、挨拶をして、あたしは入れ違いに席を立った。

前に出て、黒板の脇に模造紙の束を吊るす。『春祭まであと30日』——家で作ってきた日めくりカレンダーだ。それから教室の後ろに移動して、しなければいけない準備の一覧と進行表を貼り付ける。

「働いてんな、実行委員」

席に戻ると、椿君がからかうように言った。昨日はなんとなく気まずい別れ方をしたけど、気にしている様子はない。

「そっちこそちゃんとやってよね」

「ま、テキトーに」

出た、テキトー。それじゃ困るんですけど。

だけどそんな風に言っておきながら、春祭の準備における椿君の活躍は目覚ましかった。

看板や棚を作る指揮を執ったり。持ち寄っても足りなかった景品を買うために、地元の商店街との交渉を纏めたり。みんなが疲れてきた絶妙のタイミングでジュースを差し入れたり。体が何個かあるんじゃないかと疑うほどの働きぶりだ。

でも一番すごいのは、そういう物理的なことよりも、彼が作り出す雰囲気だった。どんなに厄介な作業でも、椿君がやろうと言えば誰も難しい顔をしない。どんなに面倒くさい仕事でも、椿君が頼めば誰も嫌な態度をとらない。

忙しくて大変だけど、みんな楽しそうに笑っている。たぶん、中心にいる椿君が笑っているから。

「すごいなあ……」

金槌を振るう手を止めて、あたしは思わず呟いた。

椿君は男子生徒たちを指揮して、縁日らしい提灯を天井近くに設置しているところだ。ちょっと見上げている間に、それはたちまち教室中を彩り、この空間をお祭りの会場に一変させてしまった。いつもながら、彼の手腕はまるで魔法みたいだ。そのリーダーシップ。みんなの心を掴むカリスマ。

悔しいけど、あたしには真似できない。

あたしは一つため息をつき、再び手を動かし始めた。ところが釘を打つはずの金槌で、誤って自分の指を叩いてしまう。

「い……っ」

声にならない悲鳴を上げたとたん、ぷっと噴き出す音がした。見れば、椿君が口を手で覆っている。

「わ、笑うことないでしょ」

「だっておまえ、さっきから不器用すぎ」

さっきから？　いったいいつから見られていたんだろう。

椿君は赤くなるあたしに近づいてくると、

「どれ、貸してみ」

じんじんする手から金槌をひょいと取り上げた。すぐ隣にしゃがみ込み、あたしが打とうとしていた釘を手際よく打ち込む。

「あーあ、他の釘も曲がってんじゃねーか。まあとりあえず留まってるから、今までの分はいいけど……ほら」

椿君は呆れたように言って、あたしに金槌と釘を手渡した。そのままそこに居座っているのは、作業を監督するつもりなんだろうか。嫌だなあと思いつつ、しかたなく金槌を振り上げると、

「ストップ」

いきなり動きを制止された。右手を上げたまま固まるあたしに、彼が後ろから覆い被さってくる。

「ちょ、ちょっと……！」

「左手はこうやって釘を持つ。で、金槌はそんなに振り上げんな。これくらい」

びっくりして振り返ろうとしたあたしを、彼は体で押さえつけて言った。二人羽織の要領でやり方を教えてくれているらしい。

それはありがたいけど……。あたしはどぎまぎして俯いた。

重なった右手と右手。左手と左手。そして彼の胸にすっぽり包まれている背中。

全身が強張って、身じろぎ一つできなくなる。

「変に力入れるな」

そんなこと言われても。

あたしはとにかく釘を注視し、金槌に神経を集中するよう努めた。その甲斐あって

か、それとも椿君に手を添えられていたおかげか、その釘はまっすぐ綺麗に打ち込むことができた。ただし、その頃にはあたしは汗だくだったけど。

「ぎりぎり及第点だな」

厳しい教官がようやく離れ、あたしは肩で息をついた。そこへ遠くから椿君を呼ぶ声があり、彼は軽く片手をあげて応える。

そっちへ向かって歩き出した椿君が、ふと思い出したように振り返った。

「ところでつばき、いいメイクだな」

「へ？　メイク？」

そんなのしてないけど。

首を捻《ひね》った時、近くで作業をしていた市倉《いちくら》さんが手鏡を差し出してくれた。

「あ……ありがとう」

思いがけない親切に戸惑いつつ、それを見ると、頬に黒々と墨のようなものが付いている。

「あっ！」

たぶんさっき看板を書いた時だ。

思わず声を上げて椿君を見れば、遠ざかるその背中は小刻みに震えていた。笑いを堪える気さえないその様子に、金槌を握るあたしの拳も震え始める。もちろんあたしの場合は怒りで。

何が「俺の女」だろう。「俺のオモチャ」の間違いじゃないの？

こうなったら浴衣の着付けは完璧にこなして、あたしを見直させてやるんだから。


そんな調子で準備期間の一か月は瞬く間に過ぎ、そして迎えた春祭当日。

椿君のリーダーシップのおかげですっかり縁日らしくなった教室の隅、パーティションで仕切った男子禁制の更衣スペースで、今日の空模様のように明るい歓声が上がった。

「わーっ、かわいー！」

「日比野さん、やるじゃん！」

はしゃいでいるのは、たった今、浴衣の着付けを終えたばかりの一年一組の女子たちだ。中にはあたしを目の敵にしている山内さんたちもいる。

あたしは袖を捲《まく》った腕で額の汗を拭い、ほっと息をついた。よかった、うまくできたみたいだ。自分や妹のさくらを使って毎日練習した甲斐があった。

「ありがとね、日比野さん」

笑顔でかけられる言葉に胸が温かくなる。こんな風にクラスメートと接するのは初めてで、なんだかくすぐったい。

更衣スペースを出て行こうとした女子生徒の肩を、あたしはとっさに摑んだ。

「ちょっと待って！　ついでに髪もやっていいかな？」

「髪？」

不思議そうに振り向いたのは、準備中に手鏡を貸してくれた市倉さんだ。ダークブラウンに染めた癖のない髪を、無造作に肩や背中に流している。

「すぐ済むから座って」

手近にあった椅子を引き寄せると、市倉さんは首を傾げつつも腰を下ろしてくれた。あたしはその後ろに立ち、彼女の髪をそっと掬い上げる。

「浴衣の時はただ下ろすより、簡単にでもアレンジした方が絶対かわいいから」

言いながら緩く結い上げ、家から持ってきたかんざしを挿せば、たちまち現代風の大和撫子《やまとなでしこ》の出来上がりだ。

「かわいい！」

また歓声が上がり、市倉さんと仲のいい田中《たなか》さんが手鏡を差し出した。鏡に映った市倉さんの目が大きく見開かれる。

「すごっ！　今、一瞬だったじゃん！　なんで、なんで？」

「妹の髪、毎日アレンジしてるから……かな」

そんなに褒められると面映《おもはゆ》いけど、認めてもらえるのはやっぱり嬉しい。

「あたしもやって」と頼まれて田中さんの髪もアレンジし、向き合ってはしゃぐ二人にカメラを向ける。

「よかったら記念写真、撮るよ」

声をかけると、二人は頭をくっつけるようにしてVサインをした。

「はい、チーズ。後で現像して渡すね」

「現像って、それ、デジカメじゃないの？」

「うちから持ってきたカメラなの。うち、写真館なんだ。あ、古いけどちゃんと写るから安心してね」

慌てて言い足すと、市倉さんと田中さんは顔を見合わせて噴き出した。

「なんか日比野さんっておもしろーい」

「暗い人かと思ってたけど、話してみたらイメージ違うね」

「おもしろい……？」

何かおもしろいことなんて言ったっけ？　「ウケる」ってバカにされているわけじゃないみたいだけど。

当惑するあたしの顔の前で、市倉さんが携帯を振ってみせた。

「ね、メアド交換しよ」

あたしも、と田中さん。

あたしはびっくりして、すぐには反応できなかった。

メアドってメールアドレスだよね？　あたしの知らない別の略語じゃないよね？

メールを交わす相手って、友達っていうんじゃないのかな。

「あの……いいの？」

「いいって何が？」

きょとんとして訊かれ、何も言えなくなった。言葉よりも涙が出てしまいそうで。

あたしは唇を強く結び、鞄の中からスケジュール帳とペンを取り出した。

「わざわざメモしなくても通信すればいいじゃん」

「ごめん、あたし、パソコンのメールアドレスしか持ってないから……」

「えっ、ケータイ持ってないの⁉」

市倉さんと田中さんが同時に叫び、それから声を立てて笑い出す。

「ほんと、日比野さんっておもしろい。じゃあ後でメモ書いて渡すね」

「あ……ありがとう！」

場違いなくらい大きな声でお礼を言いながら、あたしは椿君の顔を思い浮かべていた。彼に浴衣の着付けをやらされなかったら、こうやって友達を作ることはできなかったたろう。最低男だけど、春祭の準備を始めてからこっち、彼には感謝することばかりだ。

「日比野さん、あたしたちも髪やってー」

また別の女子に呼ばれて振り返ると、椅子に一人が座り、その傍には長い列ができていた。着付けが終わったのを察して、男子たちも何事かと様子を見にきたようだ。

あたしはスケジュール帳を鞄に戻し、笑顔で袖を捲り直した。この教室でこんな風に笑える日が来るなんて思ってもみなかったから、大好きなヘアアレンジがいつもよりもっと楽しい。

「商売繁盛じゃん。俺のおかげで」

熱中していたあたしは、声をかけられるまで、椿君が傍に来たことに気付かなかった。たしかに彼のおかげだけど、自分で言わなくても。

「忙しいから、用がないならあっち行ってて」

「えらく強気じゃん。俺がいなきゃ何にもできねーくせに」

あたしは無視して黙々と手を動かした。大活躍の椿君に比べたら、今日までは何もできなかったかもしれないけど、今日は違う。あたしを必要としてくれる人たちがいるんだ。

「椿ー、ナンパしに行かね？」

椿君の親友の長谷川君が顔を見せ、あたしはこれでようやくヘアアレンジに集中できると思った。

だけど椿君は予想外に誘いを断った。

「いや、今日はパス。こいつのフォローとかいろいろあるしな」

こいつって、まさかあたしのこと？　そんなにあたしの働きが信じられない？

「勝手にナンパでも何でもしてればいいでしょ」

むっとして言い放つと、ヘアアレンジ中の女子が驚いたように身じろぎした。ちょっと強気に出すぎたかもしれない。不安が脳裏を掠めるけど、こんなテキトー男に言われっぱなしでは悔しすぎる。

椿君とはそれ以上口を利かないまま、てきぱきと列を捌いて、最後の一人の髪に花を飾った時、春祭の開催を告げるアナウンスが流れた。軽快な音楽とともに、ポンポンッと花火の音が聞こえてくる。

「お客さん、いっぱいだよ！」

窓に駆け寄った市倉さんが、正門を見下ろして声を弾ませた。

「よーし、各自、仕事始めるぞ。稼ごーぜ！」

椿君がすかさず号令をかけ、全員が「おーっ！」とガッツポーズで応える。

あたしは大急ぎで更衣スペースに駆け込み、自分の着付けを済ませた。白地に茶色の花柄の浴衣。浴衣がこういうデザインなら髪は……なんていろいろビジョンはあるけど、アレンジしている暇はないから、いつも通りおさげのままだ。

少し遅れて出ていくと、一年一組の教室はさっそく賑わっていた。昔ながらの縁日に惹かれたお年寄り、女子の華やかな浴衣に誘われた男子、食べ歩き用にチョコバナナやわたあめを買い求める人、いきなり大盛況だ。

「日比野さんのおかげだね」

「そんな、みんながんばったから」

褒めてくれたクラスメートに慌てて返しながら、あたしは一番の功労者を目で捜した。入り口付近にいた椿君は、誰かがぶつかって傾いたらしい飾りを直している。彼に目をつけて声をかけてきた女子を、抜け目なく一組の教室に誘導しながら。

椿君が動いた拍子に目が合いそうになったので、あたしはどきりとして顔を背けた。目が合ったりしたら、あたしが彼を見つめていたんだと自惚《うぬぼ》れられそうだ。

足りなくなりそうな品物を補充したり、必要に応じて両替したり、主にそんな裏方仕事をして一時間くらい経っただろうか。

急に教室内でどよめきが起こり、あたしは何事かと目を向けた。すると特に男子たちが熱心に見つめる入り口に、二人組の女の子が立っている。たぶん中学生で、惜しみなく露出した細い体には、ミツバチの扮装らしき縞々の衣装と丸い羽を……って、あの子は！

「さくら⁉」

あたしはぎょっとして妹に駆け寄った。

「何その格好！」

「コスプレコーナーで着せてもらったの。かわいいでしょ？」

みんなの注目を物ともせず、それどころかむしろ誇らしげに、さくらはその場でくるりと一回転してみせた。姉妹でどうしてこうも性格が違うんだろう。

頭を抱えるあたしを押しのけるようにして、長谷川君が前に出る。

「すげーよく似合ってるよ！　で、君、日比野さんの……」

「妹です。さくらっていいます」

さくらは物怖《ものお》じせず自己紹介して、にっこり笑う。たちまち長谷川君の目にハートマークが浮かんだ。

「さくらちゃん……。ね、お姉さんは忙しいから、俺が代わりに案内してあげるよ」

「え？」

あたしは眉を顰めたけど、ちょうどそこへ誰かの声が飛んできた。

「日比野さーん、浴衣が崩れちゃったー」

「あ、はい、今行きます！」

そのやりとりを聞いて、さくらは長谷川君の言葉に納得したようだ。

「ホントに案内お願いしてもいーんですか？」

「もちろん！　あ、俺は西希っていいます、長谷川西希」

「あの、そちらは？」

さくらの大きな目が、興味津々で長谷川君の隣に動いた。そこに椿君が立っているのに気付いた瞬間、なぜかあたしはぎくりとした。

「俺は仕事あるんで」

椿君は素っ気なく断り、その場を離れようとする。

「えー、つまんない。一緒に行きましょうよ」

でもさくらは引き下がらず、椿君の腕に自分の腕を絡めた。一緒に来ていた友達が反対側から椿君を挟み込み、強引に外へ連れていこうとする。さらに長谷川君が背中を押すものだから、椿君は抵抗しきれずにとうとう教室を出されてしまった。あまりの勢いに、椿君ファンの女子たちも呆気にとられて手出しできなかったようだ。

「し、仕事に戻ろう」

なんとか我に返ったあたしは、実行委員としてみんなを促した。はっとしたように縁日が再開される中、浴衣を直して欲しいとSOSがあったところへ向かう。

途中、無性に気になって何度も廊下の方を振り返った。けれど椿君が戻ってくることはなかった。

忙しくも楽しい一日はあっという間に終わり、校内はしんと静まり返っていた。満天の星の下、グラウンドでは『ベストカップルコンテスト』という最終イベントが行われている。生徒のほとんどはそこに集まっているようだ。

司会者の陽気な声と冷やかすような歓声を遠くに聞きながら、あたしはひとり教室にいた。みんなが帰ってきたら浴衣を脱ぐのを手伝わないといけないから、自分の着替えは先に済ませておこうと思ったんだ。

ヨーヨーがなくなって水だけになった子ども用プール。景品が一つ二つ残った射的の棚。最後はクラスのみんなで分けたチョコバナナとわたあめの屋台。役目を終えてそれらを見下ろす提灯は、どこかしょんぼりしているように見える。

あたしはしばらく祭りの跡を眺めてから、気を取り直すように息をついた。そして更衣スペースへ向かおうとした時、窓の外がぱっと明るくなり、少し遅れてドーンと大きな音が響いた。見れば、夜空に大輪の花が咲いている。春祭の終わりを彩る打ち上げ花火だ。

あたしは誘われるように窓に近づき、続けざまに上がるそれをうっとりと見つめた。ふと視線を落とすと、グラウンドに集まった生徒たちも一心に空を見上げていて、どうやら『ベストカップルコンテスト』は終わったようだ。ステージ上では先輩の男女が、頭にティアラを載せて花火を眺めている。

みんなの祝福を受けながら、仲よさそうに寄り添う二人。

「ベストカップルかあ……」

あの人たちはどんな風に出会い、どんな風にお互いを好きになったんだろう。

中学生の頃、高校生になったら誰もが恋をするんだと思っていた。ダサくてガリ勉のあたしでも、志望校に入学しさえすれば、素敵な恋に出会えるんだと。

でもあたしが入学したのはこの明應高校で、こんなところで恋なんてはじまるわけがなくて。

――こいつ、今日から俺の女にするから。

急に椿君の言葉を思い出して、あたしはひどくうろたえた。花火の音に共鳴するように心臓が強く脈打つ。

違う、あんなのは本気じゃない。彼はからかっただけだし、あたしも真に受けてなんかいない。あたしたちはお互いを好きでも何でもなくて、だからもちろんこれは恋なんかじゃなくて……。

その時、入り口でカタンと音がして、心臓が口から飛び出しそうになった。振り返ると、そこに立っていたのは椿君で、あたしの動揺はいっそうひどくなる。

口を開けて固まるあたしを、椿君は上から下までしげしげと眺めた。

「びっくりした。すげー似合ってるな、浴衣」

「えっ」

思いがけない褒め言葉に胸がドキッと高鳴る。だけど、

「柳の下の幽霊かと思った」

……そう、彼はこういう人だった。オモチャとしか思っていないあたしのことを、本気で褒めるわけがない。

「どうせ地味で陰気ですよ、あたしは」

とたんに体中の熱が冷めていくのを感じながら、じとっと見返すと、椿君は微かに笑ったようだ。柔らかな星明かりに照らされたその笑顔は、いつもの意地悪なそれとはどこか違う気がして、なんとなく戸惑いを覚える。

「今日見てたけど、おまえってなんで人の写真ばっか撮って、自分のは撮んないんだよ。ヘアアレンジも人のは熱心にやってやるのに、自分はおさげのままで」

「いいの、あたしは。目立つの嫌いだし、人をきれいにしてあげる方が好きだから」

「ひねくれてんな」

「うちは写真館で、あたしは親の仕事をずっと見てたの。人にいい思い出を作ってあげて、ありがとうって言ってもらえるのって、なんかいいじゃない」

　椿君は軽く目を瞠り、それからその目を少し細めた。

「……そっか。ま、幽霊には古風な髪型が似合うし、そんなもんが写真に入ったら心霊写真だもんな」

「そっちこそ、その髪、下手すると落ち武者だよ」

　あたしはむっとして言い返し、改めて彼のロン毛を見る。だらしなくてわずらわしくて、せっかくの端整な顔が台無しだ。

「そろそろ切った方がいい頃じゃない？」

「ほっとけよ。俺は好きでこのロン毛にしてんの。昭和女にはわかんねーかなあ、このセンス」

「そうかなあ、もっと似合う髪型があると思うけど」

　あたしはふと思い立ち、更衣スペースから椅子を運んできた。

「ね、ちょっとそこ座って。さっぱりさせてあげるから」

「は？　さっぱりって……」

「いいから」

　怪訝を通り越して不審げな椿君の肩を押さえ、強引に座らせる。背後に回ってそっと触れた彼の髪は、見た目通りさらさらしていて心地いい。ちょっともったいない気もしたけど、あたしは椅子と一緒に持ってきた鋏を右手に構えた。シャキッと音を立てて刃を動かすと、椿君がぎょっとしたように振り向こうとする。

「動かないで！」

あたしはすかさずその頭を押さえた。切り落とした一房の髪が床に散る。

「おまえ、ふざけんなよ。アレンジ程度ならともかく、切るって……」

「大丈夫、これだけはちょっと自信あるから」

「ほんとかよ」

椿君はまったく信じていない様子だったけど、一房、また一房と切り落とされていく内に観念したようだ。花火の音に混じって、鋏を操るリズミカルな音が教室に響く。

「……いろいろありがとうね」

注意深く手元を見つめながら、あたしは思い切って口を開いた。

「椿君のおかげで、あたしにも友達ができたみたい。あたしって中学の頃からガリ勉で、ずうっと浮いてたから、高校に入ったら友達が欲しいなって思ってたんだ。本音で喋って、ケンカとかもするような」

こんな三流高校に来る人たちなんか、と見下していたけど、話してみたらみんないい人だった。合うわけがないと決め付けて、勝手に壁を作っていたのはあたし。だけどこれからは、ちゃんと中身を知って、もっと仲よくなりたいと思う。

椿君に告げたらなんだかすっきりして、あたしはにっこりと笑った。鋏を近くの棚に置き、椅子の周りを半周して、彼の頭を後ろから、横から、正面から検分する。

「うん、似合ってる！」

思った以上のできのよさに、あたしは思わず椿君の頬を両手で挟んだ。腰を屈め、その額に自分の額をくっつける。

「こっちの方がずっといいよ！　かっこいい！」

椿君は何か言いかけたようだけど、そのまま口を閉じてあたしを見つめた。長い睫毛に縁取られたきれいな目。いつになく真剣な。

ふいにその近さに気付いて、あたしは弾かれたように上体を起こした。

あたし、何を……！

くっついていた額が燃えるように熱い。

椿君が静かに立ち上がり、あたしはどきりとして一歩退いた。彼がその一歩を詰め、あたしはさらに一歩下がる。

そうやってじりじり移動して、気付けば背中は壁だった。

まるであたしを閉じ込めるみたいに、体の両脇につかれる椿君の手。

思わず息を止めたあたしの目の前に、微かに睫毛を伏せた彼の顔が迫ってくる。

花火に照らし出されたその表情は、妙に真面目で。いつも尊大に笑っている彼らしくなくて。

胸が苦しいほど鼓動が速くなって、目を逸らしたいけど逸らせない。

お互いの前髪が触れそうになる。火照《ほて》った肌に吐息がかかる。

もしかして、キス、するの？

「ちょ……ちょっと待って」

あたしは浴衣の襟をぎゅっと掻き合わせ、椿君の熱っぽく光る瞳を見つめた。

「本気、なの？」

どうしてこんなことをするのか。いつものようにからかっているだけなのか。

それとも、もしかして……？

椿君の、本音が知りたい。

息を詰めて答えを待っていると、彼の瞳が微かに揺れた。でもそれは一瞬のことで、瞬きをして再び瞼を上げた時には、その目は笑みの形に細められていた。

「本気に決まってんだろ」

いつもあたしをからかう時の、軽薄な口調。

急な変化に戸惑うあたしを見下ろして、椿君は笑いながら続けた。

「本気で遊んでんだ。何、本気で惚れられてるとでも思ってんの？」

いきなり頭を殴られたような気がした。目の前が真っ黒に塗り潰され、心が急速に冷えていく。

あたしは何を勘違いしていたんだろう。春祭でいろいろ助けてくれたからって、椿君は椿君、あたしはあたしだ。女の子に不自由しないチャラチャラしたイケメンが、ダサイ昭和女を本気で好きになるはずがない。

あたしは震える膝に力を入れ、唇の端を無理やり上げた。

「そんなこと思うわけないでしょ。わかってるよ」

何でもない風を装って言うと、椿君はそれきりその話題を打ち切り、不機嫌そうに立ち上がって背中を向けた。

「あー、疲れた。今日はおまえのフォローに忙しくて、さんざんだったよ」

「ああ、そうですか。すいませんでしたね」

突っかかってくる彼の言葉に、あたしも調子を合わせて答える。

すると彼はくるりと振り返って命じるように言った。

「この埋め合わせはデートでしてもらうからな」

「デートって……」

春祭の準備に協力してもらう交換条件として、強引に約束させられたあれのことだろうか。

「本当に行くの？」

「当たり前だろーが。明日の代休、S駅前のロータリーに午後二時な」

椿君は一方的に時間と場所を告げ、返事も聞かずにさっさと踵《きびす》を返してしまう。

その苛立ったような背中を困惑して見送っていると、教室を出る直前、彼は足を止めて再び振り返った。その口元に意味ありげな微笑をたたえて。

「ただお手々繋いでお散歩するだけがデートだと思ったら、大間違いだからな」

「え？　どういう……」

あたしの問いかけはひとりきりの教室に虚しく響き、すぐに最後の花火の音に掻き消された。


翌日、午後一時五十分。待ち合わせの十分前にS駅のロータリーに着いたあたしは、わかりやすいよう大時計の近くに立って、行き交う人々をぼんやりと眺めていた。

今日はみごとな五月晴れで、そのせいか平日の割りに遊びに行く格好の人が多い。ミニスカートを穿いた大学生っぽい女の人が、あたしの前を横切って彼氏らしき男の人のところへ駆けていく。あ、かわいいスカート。その姿を目で追いながら、あたしは昨夜さくらと交わした会話を思い出していた。

――さくら、京汰サンってすっごく好み。今日の春祭ではすぐに逃げられちゃったけど、これから狙っちゃおーかなぁ。

自信ありげな顔で無邪気に笑う妹を、あたしはもちろん猛然と諫めた。あの男だけはだめ。最低最悪の極悪人なんだから、近づいても遊ばれるだけだ。

——本気で遊んでんだ。

彼の言葉が不意打ちのように胸に刺さって、あたしは思わず胸を押さえた。

どうしてこんなに心が痛むんだろう。最初からわかっていたことなのに。彼のことなんか好きじゃないのに。

人生で初めてのデートが好きでもない男とだなんて、最悪だ。ううん、無理やり奪われたファーストキスと同じで、気持ちのないデートなんて本当のデートじゃない。

そう自分に言い聞かせていると、やがてロータリーの端に椿君の姿を見つけた。時計の針は二時ちょうど。行動にいちいち無駄がない。

向こうはまだこっちを見つけていないようだけど、あたしは声をかけるのをためらった。デートが嫌だからというのもあるけど、それだけじゃない。主な理由は彼の格好にある。

体のラインに沿った長袖のTシャツに、太いウォレットチェーンを吊るしたジーパン。ベルトや靴のコーディネートもぴったりで、彼自身の容姿も手伝って、男性ファッション誌のモデルみたいだ。胸元にはネックレス、手首にはブレスレット、親指には指輪が光っている。

たぶんおしゃれで格好いいんだろう。でもあたしには、ひたすらチャラく見える。制服を着ている時よりもさらに。

極めつけのアクセサリーは、彼を遠巻きにしている露出度の高い女の子たちだ。声をかけたそうにチラチラと視線を投げている。

とても近寄る気になれなくて、植え込みの陰から見ていると、椿君の方もあたしに気付いた。彼はとたんに目を剝いて硬直し、それからブッと噴き出す。

「ブレねーなあ、おまえは！　デートなのにそのカッコかよ」

「え？　どこか変？」

あたしはきょとんとして自分の服を見下ろした。緑のトレーナーの下から、ブラウスのレースの襟を覗かせ、ふくらはぎ丈のフレアスカートを穿いている。足首で折り返したからし色の靴下と、ぺったんこのスニーカー。髪型はいつも通り、固く編んだ二本のおさげだ。

さくらや椿君の周りの女の子たちみたいにおしゃれじゃないけど、笑われるほどおかしくはないと思う。だいたいあんなに肌を見せるなんて露出狂みたいだし、そんな目立つ格好はあたしには似合わない。

椿君はさんざん笑い転げた後、また噴き出しかけながら目尻の涙を拭った。

「ま、いーや。脱がせちまえば一緒だし」

「え？」

「何でもねーよ。それより」

椿君はあたしの両肩に手をかけ、くるっと体を反転させた。するとロータリーに並べられた映画の看板が目に入った。色っぽい外国人の男女がキスを交わす写真が印刷されている。

「この映画、ロマンチックなラブストーリーで泣けるって評判なんだよ。で、相当エロいらしい」

「え、エロいの？」

「そ。楽しみだろ」

彼は勝手にそれを観ると決めているようで、意見も求めずに、あたしの両肩を押して歩き出そうとする。あたしはとっさに両足を突っ張って抵抗した。

「ど、動物園行こうよ、動物園」

「動物園？　ざけんな、エロスの欠片《かけら》もねーじゃん」

「エロス……？　何言ってんの、デートの定番は動物園でしょ？」

「うるせー、黙ってついて来い！」

さらに強く肩を押す椿君と、地面に踵《かかと》を踏ん張って抗《あらが》うあたし。しばらくそうやっ

て戦った結果、あたしたちがやって来たのは、

「あっ、シロクマ！」

郊外にある動物園だった。あたしは手すりから身を乗り出し、悠々と泳ぐシロクマを食い入るように見つめる。

「あー、いいなあ、シロクマ。気持ちよさそうだなあ」

「だから、もっと気持ちいいことがあるだろって」

椿君は不満そうに何かぶつぶつ呟いてるけど、あたしは大満足だった。何を隠そう、あたしは大のシロクマ好きだ。この動物園には何度も通っているけど、何度来ても飽きない。シロクマゾーンになら一日中でもいられる。

だけど最近、高校受験に失敗してからは、すっかり足が遠のいていた。休日には机に向かって参考書を開いていたから。今日も椿君に無理やり連れ出されなければ、やっぱりそうやって過ごしていただろう。

デートなんて不本意だけど、来てよかったと初めて思う。

「小学校の時に『シロクマの一生』って映画を観たんだけど、オスはなかなか会えないメスを探して、氷の上を何日も歩いて旅するの。ロマンチックだと思わない？」

「そういうの、ロマンチックっていうか？　ただやりたいだけだろ」

「やりたい？　何を？」

「何って……」

呆れたようにあたしを見た椿君は、答える代わりに深々とため息をついた。項垂《うなだ》れていた顔を上げると、妙に真剣な表情になっている。

「……つばき。そのカッコ、やっぱデートにはどうかと思うぜ。見る度、萎《な》える」

「は？」

椿君はがしっとあたしの手を掴むと、一転してにっこり笑った。

「脱げよ」

「えっ!?」


わけがわからないまま動物園から引っ張り出され、椿君があたしを連れてきたのは、街中にあるセレクトショップだった。大通りに面した明るい店内には、さくらのクローゼットにあるような素敵な服がたくさん並んでいる。

ずっと気になっていたけど、入ったことはないお店。だって、あたしみたいな子の来るところじゃないから。

「つ、椿君、あたし……」

断ろうとしたあたしの胸に、一着のワンピースが押し当てられた。五分袖だけど肩の部分が刳《く》り貫《ぬ》かれたように開いていて、丈は膝よりもだいぶ短い。

「着てみろよ」

「え、あの」

「靴はこれな」

爪先の尖ったパンプスも持たされ、有無を言わさず試着室の中へ押し込まれる。あたしは目を白黒させて、鏡に映った冴えない女の子と、両手に持ったワンピースとパンプスを見比べた。

こんな大胆なデザイン、あたしに似合うわけがない。着たって笑いものになるだけだ。でも……

「かわいい」

ぽつりと呟いたあたしは、おずおずとワンピースをフックに吊るした。パンプスを丁寧に床に置き、自分のトレーナーに手をかける。

どうせ椿君にはさんざん笑いものにされているんだ。この際、もう一つくらい笑われるネタが増えたって構わない。それよりも、憧れのおしゃれな服を着てみたい。

思い切ってそれを身につけると、見ていたようなタイミングで、椿君が外から声をかけてきた。

「着れたか？」

「え、う、うん、一応」

「見せてみろ」

そう言った時には、もうドアが開け放たれている。

短い悲鳴を上げたあたしとは反対に、椿君は黙っていた。噴き出されるのを覚悟して、恐る恐るその表情を窺うと、目を瞠って軽く口を開けている。

「そ、そんな呆れるほど変……？」

わかっていたけどやっぱりショックだ。

「今すぐ脱ぎますっ」

隠れるようにドアを閉めようとした時、椿君がはっとしたように手を伸ばしてそれを押さえた。

「バカ、脱がすのは俺だろ」

「え？」

「いや、じゃなくて、変じゃねーよ」

椿君は笑わずにそう言った。思いがけない反応に、今度はあたしの方が口を開けて固まってしまう。

「次、これな」

そんなあたしの手に、椿君はまた服と靴を押し付けた。今度はチュニックとショートパンツ、それにヒールの高いミュールだ。あたしが戸惑いながらもそれに着替えると、またしても計ったようなタイミングでドアが開かれる。

「それも悪くねーけど……次」

今度はマキシワンピースにカーディガン、それにバレエシューズ。

次、次、次。

そうやっていったい何着、何足、試着しただろう。あまりに何度も着替えすぎて、何度目に着た何がどんな風だったか、さっぱりわからなくなってきた。店員さんも呆れているに違いない。

「椿君、もうやめようよ」

「これでラスト」

すっかり目が回った頃、彼がそう言って差し出したのは、肩が開いた五分袖のワンピースだった。合わせる靴は、ヒールの高いミュールだ。

「あれ？　どっちも見たことあるような……」

「そりゃそーだろ。おまえが試着したもんの中から、似合うやつを選んで組み合わせてんだから」

こともなげなその言葉に、あたしは大きく目を瞠った。

それって椿君は、今まであたしが着た服を憶えていたっていうこと？　そんなに熱心に見ていてくれて、真剣に似合う服を選んでくれたの？

そんな風にしてくれたら、勘違いしそうになってしまう。彼にとっては遊びに過ぎないのに、本気で大切にされていると。

高鳴る鼓動に気付かないふりをして、あたしは慌てて試着室に引っ込んだ。

これが、椿君があたしに選んでくれた服。

やけに緊張しながら身につけ、いろんな角度から鏡に映して、おかしなところがないか確認する。

「どう、かな？」

初めて自分からドアを開けて外に出ると、椿君は黙ってあたしを観察してから、につと満足げに微笑んだ。

「俺の見立て通りだな」

そこへ店員さんが近づいてきて、あたしが着ている服からさっと値札を切った。

「え、あの、お金……」

「もう払った。そのまま着てくぞ」

「え!?」

「こいつが着てたダッサイ服は、これに詰めてください」

椿君はあたしの混乱をよそに、預かっていてくれたバッグを店員さんに差し出す。

「ちょっと、勝手に……」

「何なら捨ててもいいんだぞ。つーか、こんな服、捨てた方が脱・昭和女に近づけるんじゃね？」

「だめ！　すみません、詰めてください」

あたしは結局、自分で店員さんにお願いすることになった。椿君にうまく誘導されたことに気付いたのは、買った服を着たままセレクトショップを出た後のこと。

「お金は返すからね」

ショーウィンドウに映る自分の姿をちらちら見ながら言うと、椿君はそれをまったく無視して呟いた。

「服がよくてもその髪じゃな。次、行くぞ」

「え？　次って……」

質問には応じずに、どこかへ向かってさっさと歩き出してしまう。しかたなく後を追うあたしは、完全に振り回されっぱなしだ。

街路樹からの木漏れ日がまだら模様を描く道を十分ほど歩いて、椿君が足を止めたのは、ガラス張りのスタイリッシュな建物の前だった。

カフェ？　……じゃない、美容室だ！

白を基調にした明るい店内には、カラフルなタイルで縁取られた鏡がずらりと並び、その前では何組かの美容師さんとお客さんが談笑している。

そんなおしゃれな雰囲気だけでも気後れするのに、お店の名前を見て、あたしはその場に立ち竦んだ。知っている。ヘアカタログに必ずと言っていいほど載っている名前だ。こんな近くに店舗があったなんて。

椿君は呆然とするあたしの背中を押して、躊躇《ちゅうちょ》なく中へと入っていく。すっきりと整頓された受付で短い言葉を交わし、二階へ。

あたしはされるがままに、白いケープを被せられて鏡の前に座らされた。

鏡の中、あたしの背後に背の高い男性が立つ。ゆったりしたベストに、緩く結んだストライプのネクタイ、中折れハット。美容師さんらしくセンスがよくて、でも椿君みたいにチャラい感じはしない。やや長めの黒髪のせいか、理知的な顔立ちのせいか、大人の雰囲気を漂わせている。

あれ？　この人、どこかで見たことがあるような……。

ふとそう思った時、大通りに面した窓にもたれた椿君が、彼に向かって軽く頭を下げた。

「お願いします」

美容師さんは苦笑しながら横目で椿君を睨む。

「あのさぁ、おまえの頼みだから聞いてやるけど、俺の場合、普通は二か月先まで予約待ちなんだぞ。なのにいきなり電話してきて、今日これからやってくれって」

「そんな花野井《はなのい》さんだからこそ任せるんですよ。こいつ、笑っちゃうくらいダサイんで……」

「花野井さん⁉」

あたしは椿君の言葉を遮って声を上げた。目を丸くしている美容師さんの顔を、鏡越しに凝視する。

そうだ、花野井さんだ。ヘアカタログによく写真が載っているスタイリストで、インタビューなどの特集もしょっちゅう組まれているカリスマ美容師。男女を問わず若者に大人気で、あたしもさくらのヘアアレンジをする際に時々真似しているし、昨日の春祭でも大いに参考にさせてもらった。

その花野井さんが、目の前にいる。正確には、後ろに。そしてあたしなんかの髪を触ろうとしている。

「大丈夫だよ」

緊張が伝わったのか、鏡の中で目が合うと、花野井さんは気さくに微笑んだ。あたしのおさげを解《ほど》き、癖のついた髪を長い指でそっと梳《す》く。

「お、いい髪質だねえ。きっと素敵に仕上がるから安心して」

優しく言われたとたん、すとんと肩の力が抜けた。声が、表情が、髪に触れる丁寧な手つきが、強張った心を軽くしていく。

花野井さんはあたしの髪にブラシをかけながら、ちらりと椿君に目を遣《や》った。

「おまえは下で待ってて」

「は？　なんで」

「そこにいると気が散る。彼女の髪がひどいことになってもいいの？」

「か、彼女なんかじゃ！」

あたしは慌てて否定しようとした。ところが椿君は小さく舌打ちをして、もたれていた窓から背中を離す。

「きっちり仕上げてくださいよ、俺の女」

あたしは絶句したまま、階段を下りていく彼の足音を聞いていた。

「またからかって……！」

ようやく零れた独り言に、花野井さんがちょっと首を傾げる。

「そうかなあ。俺にはけっこう本気に聞こえたけどね」

「え？」

あたしは瞬いてから、ふっと息を吐いて笑った。

「それはありません」

遊びだと、昨日はっきり告げられたばかりだ。

「俯かないで」

指摘され、あたしはどきりとして顔を上げた。傷ついた心を見透かされ励まされたのかと思ったけど、どうやら単にヘアアレンジをやりやすくするためだったようだ。花野井さんの指が、それ自体が意思を持っているかのように器用に動く。淀みなく的確な道具が選ばれ、次々に持ち替えられ、その度に髪の形が変わっていく。

「はい、オッケー」

頭の後ろに合わせ鏡が当てられた時、あたしはすっかり変身していた。長い黒髪には柔らかなウェーブがかかり、両サイドの一部が細く編み込まれている。

「これ、あたし……？」

肩と脚を露出したワンピースを着て、ヒールの高いミュールを履いて、こんな素敵なヘアアレンジをして。昭和女でも戦時中の人でもない、ごく普通の女子高生――ううん、すごくおしゃれな女子高生だ。

信じられずに頬をつねってみると、鏡の中の女の子も頬をつねった。しかも痛い。幻じゃないし、夢でもないんだ。

「どうだ、京汰」

一階で退屈そうに雑誌を捲《めく》っていた椿君は、花野井さんの声に顔を上げ、その後ろに立つあたしを見て目を瞠った。あたしは急に恥ずかしくなって、自分の体を隠すように抱いたけど、彼はそのガードを見透かすように凝視している。

全身がどんどん熱くなり、顔が真っ赤になっているのが自分でわかった。

「なんで黙ってるの？　そんなに変？」

「……すっげー変」

沈黙がいたたまれなくなって尋ねると、椿君は目を逸らさないまま答えた。どこかぼうっとしているような口調で。

「や、やっぱり!?」

あたしは自分の体をさらに強く掻き抱いた。

あたしったら、なんて恥ずかしいやつなんだろう。おしゃれな女子高生に変身できたと勘違いするなんて。おしゃれなのは服と髪形だけで、中身は何も変わらない、ダサイ日比野つばきのままなのに。

あたしは無意識に自分の頭に手をやり、アレンジしてもらった髪形を崩そうとした。

でもそこへ、

「そうじゃなくて！」

椿君の珍しく慌てたような声が飛んできて、あたしはびくっと動きを止める。

こわごわと見返すと、彼はちょっと目を逸らしてコホンと咳払いをした。

「そうじゃなくて、こんなに似合ってんのに自分で気付かねーなんて変だ、って言ってんの」

「……え？」

似合っ、てる？

目と口をぽかんと開けて立ち尽くすあたしに、椿君はつかつかと近寄ってきた。あたしの肩を抱くようにして、くるりと鏡の方を向かせる。

そこに映るのは、格好いい男子高生とおしゃれな女子高生。椿君と、別人のように生まれ変わったあたしだ。

鏡の中の椿君が、どこか戸惑ったような表情で言った。

「すげーカワイイじゃん」

あたしは大きく息を呑み、それきり呼吸を忘れてしまう。

――かわいい。

そんなの、自分のための言葉じゃないと諦めていた。勉強だけに打ち込むふりをして、目立たないように振る舞って、これでいいと自分に言い聞かせて。

だけど本当は、一度でいいから言われてみたかった。ずっと誰かに言って欲しかったんだ。

密かに憧れ続けたその言葉を、椿君がくれるの？

両親以外で初めて、椿君が。

胸がいっぱいになって、瞼がじわりと熱を帯びる。

肩を抱く椿君の手に、少し力が籠もった気がした。

ぼやける視界の中、寄り添う二人は、まるでお似合いのカップルみたいに見えた。


椿君に促されて美容室を出る。あたしは熱に浮かされたようで、花野井さんにどんな言葉をかけられたのかも、自分がどんな風にお礼を言ったのかもよく憶えていなかった。建ち並ぶビルも行き交う車も、目に映るすべてがきらきら輝いて見え、世界ががらりと一変したみたいだ。

「あっ」

ふわふわした足取りで横断歩道を渡りかけたところで、急にバランスを崩して転びそうになった。

「どうした？」

「この靴、かわいいけどグラグラして歩きにくくて……」

「そりゃそーだろ」

振り向いた椿君は、さも当然とばかりに答えた。そして大きな手をこちらに向かって差し出す。

「俺が選んだんだからな。手ェつながねーと歩けねーような靴。コケたくなかったら手ェかせよ」

あたしは大きく目を瞠り、彼の軽やかな笑顔を見つめた。

それってどういう意味？　まるであたしと手を繋ぎたいって言ってるみたいに聞こえるよ。

そんなわけないのに、頭がぽうっとなって何も考えられなくなる。

あたしはほとんど無意識に彼の手を取った。柔らかな春風が火照った肌をくすぐり、なんだか心までこそばゆい。

夕暮れの日差しに染まり始める街を、椿君と手を繋いで歩いた。どこにいても彼はやっぱり注目の的で、すれ違う人たちが次々に振り返る。

手を引かれて一歩後ろを行くあたしは、きっと不釣合いに見えているんだろう。あたしはそよぐ長い髪と、ワンピースの短い裾を気にしながら、俯き加減で黙って足を動かす。

つい遅れがちになるあたしの手を、椿君がきゅっと握って引き寄せた。堂々と傍にいていいんだと言うように。

あたしはびっくりして彼を見上げる。

本当にいいの？　みっともないって笑われるかもしれないのに。

そう思ったけど口には出さなかった。

なぜかこの手を放されたくなかったから。

たぶん、この人は本当にわかっているんだ。どうすれば女の子が喜ぶのかを。女の子を自分のものにするために、さりげなく全部が優しい。

そしてあたしは、いつの間にかその術中に嵌まりかけている。

最低なデートだと思っていたのに。ドキドキしちゃいけないのに。


景色が夕闇に包まれ街にネオンが灯り始めても、あたしはまだ帰るとは言い出さなかった。気詰まりな沈黙を作ることなく提供される話題に、自然に笑みを浮かべている自分がいる。

あたしは椿君に誘われるまま、カラオケボックスの個室のドアを開けた。カラオケボックスに来るのは初めてだ。

内装を目にしたとたん、あたしは目を輝かせた。天井いっぱいに色とりどりのイルミネーションが瞬《またた》いている。

「うわあ、すごいね、ここ。天井が星空みたい」

「だろ？　俺もこの部屋が一番好きなんだ」

「あ、カシオペアがある。あれって白鳥座のベガ？」

指差して訊くと、椿君は迷うことなく即座に正した。

「いや、ベガは琴座。白鳥座はあっちで、三角形の頂点になってる星はデネブ」

長い指先をすいすいと動かして説明する彼は、どことなく楽しそうだ。あたしをからかっておもしろがっている時とは違って、無邪気な子どもみたいに。

「椿君、星とか好きなの？」

「え？」

感じたまま尋ねると、椿君は虚を衝かれたように睫毛を震わせた。

「……いや、ガキの頃に天体望遠鏡をプレゼントされて宇宙にハマるっていう、よくあるパターンだよ」

「へえ、そうなんだ。いつ頃？」

今みたいにチャラくなる前の椿君か。目をきらきらさせて天体望遠鏡に齧りついている姿を想像すると、無意識に顔が綻ぶ。

だけど椿君は質問には答えず、「いいじゃん、どうでも」と話を打ち切った。なんとなく表情が硬く、あまり話したくなさそうに見えるのは、照れているんだろうか。

首を捻るあたしを、椿君はふいにじっと見つめた。

「俺が好きなのは、星空より、星空の下ですることだよ」

急に熱を帯びた眼差しに、どきりとして反射的に顔を背ける。

「つばき、俺を見て」

すぐ近くから降ってくる、囁くような甘い声。

あたしはおずおずと顔を上げかけ、でも途中で思い留まって頭を振った。

キスする寸前で遊びだと言い放たれたのは、つい昨日のことだ。惑わされちゃだめ。彼にとってこれは本気じゃないし、あたしに向ける感情は恋じゃない。どんなに似ていても。

頑なに俯いていると、椿君はいきなりあたしの胸に掌を置いた。びっくりして顔を上げるなり、抱き竦められ、顎を反らされ、強引に唇を塞がれる。

生温かく柔らかい感触。無理やりファーストキスを奪われた時のことが、脳裏にフラッシュバックする。逃れようと身を捩るけど、彼の腕はびくともしない。

火がついたみたいに全身が熱くなって、息ができなくて、目尻に涙が滲み始める。膝が震え、その場にくずおれそうになる。

一瞬だけ唇が解放され、あたしは必死で空気を求めた。ところが開いた唇はすぐさま再び塞がれ、口の中により熱いものが侵入してくる。

びくっと体を揺すったあたしは、それが椿君の舌だと気付いて懸命に歯を合わせようとした。けれどまるで生き物のようなそれは、やすやすと歯の隙間を割り、無遠慮に口内を這い回り、あたしの舌を搦《から》めとろうとする。

これが俺だと思い知らせるような、傲慢なキス。

濡れた音が耳の奥に響き、あらゆる感覚が掻き回されて、何も考えられなくなる。抵抗するどころか身動きさえできない。

凍りつくあたしの体を、椿君はゆっくりとソファに横たえた。その上に覆い被さりながら、背中に回した手で上から下へと背骨をなぞる。

ソファの革に素肌が触れる冷たい感触で、背中のファスナーが下ろされたことに気付き、あたしはようやく上擦った声を発した。

「や……椿君⁉」

「何驚いてんの？　俺が選んだんだぜ？　脱がしやすい服」

平然と答えた彼は少し笑ったようだ。ワンピースの肩がブラジャーの肩紐ごと落とされ、剝き出しになった肌に彼の吐息がかかる。

ああ、そうだったんだ。

のしかかってくる体を懸命に押し返しながら、心は痛みに悲鳴を上げていた。

椿君はあたしに似合う服を選んでくれたわけじゃない。ただ脱がせやすい服を、自分の欲望を満たしやすい服を選んだだけ。

それなのに浮かれていたあたしは、なんてバカだったんだろう。彼はそんな人だと知っていたはずなのに、うっかり心を開きかけるなんて。

そんなあたしを嘲笑うかのように、捲れた裾が衣擦《きぬず》れの音を立てる。胸元をさらに引き摺り下ろされ、お臍の辺りまでが彼の視線に曝される。

ソファを軋ませて暴れるあたしの手を、椿君はいともたやすく押さえ込んだ。

「恥ずかしがることねーよ。すげーカワイイから」

その言葉を聞いた瞬間、目の前が真っ暗になった。

——かわいい。

変身したあたしに椿君がくれた言葉。あたしがずっと密かに憧れ続けた言葉。

真に受けちゃだめだと自分に言い聞かせながら、本当はすごく嬉しかった。そう言ってくれた気持ちは本気なんじゃないかと信じかけていた。

だけど違った。やっぱり勘違いだった。

そのくらい、椿君は誰にでも簡単に言えるんだ。ただ欲望を満たす手段として。

本気なんてひとかけらもない。

あたしはふっと力を抜き、一切の抵抗をやめた。それでいいとばかりに微笑む彼の目を、まっすぐに見つめる。

「これだけが目的だったの？」

静かに問うと、椿君は戸惑ったように動きを止めた。

「何、言ってんだよ」

「今日のことは全部、最後にこうするための計算？」

「……そうだよ。おまえだってそれを期待してたんじゃねえの？」

「……最低」

あたしは吐き捨てて目を閉じた。

彼の口からはっきり聞くまで、心のどこかに信じたい気持ちが残っていたのかもしれない。でもそれももう消えた。流れ落ちた一筋の涙とともに。

「好きにすればいいよ」

そう言い放ったとたん、椿君がうろたえたように身じろぎし、急に体の上から彼の重みが消えた。瞼を上げると、体を離した椿君は、固まったように目を瞠ってあたしを見下ろしている。

あたしはすばやく体を起こし、乱れた衣服を元通りに整えた。

「あんたなんてシロクマ以下よ……」

言いながら立ち上がり、バッグを掴んでドアへと走る。そしてはっとこちらを見た椿君に、カラオケの本を思い切り投げつけた。

「遊びでこんなことするあんたより、種族存続のために交尾するシロクマの方がずっと理性的だわ！」

彼が何か言いかけるのを聞かず、部屋を飛び出して力いっぱいドアを閉める。ドアの振動が、びりびりと心にまで響いてくるようだ。

振り返ることなく店を飛び出し、すぐに髪をぐしゃぐしゃにした。

通りすがりの人たちが何事かとこっちを見るけど、みっともなくても構わない。うん、こんな想いをするくらいならダサイままでいたかった。

椿君と関わることなんかなく。


家に帰り着いて自室に駆け込むなり、ワンピースを脱いで床に叩き付けた。

「何よ、こんな服！」

あの笑顔も優しさも、何もかも嘘だったのに。

肩で息をしながら、もともと着ていたブラウスとスカートに着替える。髪も元通りのおさげに結い直していると、さくらがいきなりドアを開けた。

「おねーちゃん、夕飯……あ、何これ！」

床でくしゃくしゃになった服を目敏《めざと》く見つけ、声を弾ませて拾い上げる。

「わっ、かわいー！　すっごくかわいー！　どーしたの、これ？」

「あ……友達、が選んでくれて」

ワンピースに夢中のさくらは、あたしの顔が強張っていることに気付いていないようだ。

「いいなあ。ね、さくらにも着させて」

さくらがそれを自分の体に当ててみようとした瞬間、

「だめっ！」

あたしはとっさにワンピースを奪い取った。

その行動と剣幕に、さくらはびっくりしているけど、あたし自身もぎょっとした。

こんな服、もう見たくもないのに。いっそさくらにあげてしまえば、せいせいするはずなのに。

「いいじゃん、ケチ！　ちょっとくらい貸してよ」

さくらはむっとした顔になり、両手でしっかりワンピースを掴んだ。

あたしは反射的にそれを胸に抱え込む。

「だめなの……！」

自分でもどうしてなのかわからない。

でも、このワンピースだけは。

そうして引っ張り合っている内、ブチブチブチッと無惨な音が響いた。青ざめたさくらが手を離すと、ちぎれかけた袖が力なく床に落ちる。

「お、おねーちゃんが悪いんだからね！」

さくらは逃げるように部屋を飛び出していった。

ひとり残されたあたしは、床にぺたんと座り込み、破れたワンピースをのろのろと手繰り寄せる。さっきまであんなにきれいだったのに、今はぼろぼろの姿。まるで今日のあたしみたいだ。

ふと鏡を見ると、そこにはひどく惨めなあたしがいた。自分でもダサイとわかっているブラウスとスカートに、顔に暗い影を落とす乱れた髪。かわいくなることを諦めている姿だ。

美容室の鏡に映ったあたしはこうじゃなかった。おしゃれなワンピースを着て、あの花野井さんにアレンジしてもらったヘアスタイルで、照れながらも目を輝かせていた。

椿君に肩を抱かれて。まるでお似合いのカップルみたいに。

——すげーカワイイじゃん。

あの時の椿君の声が、どこか戸惑ったような表情が、鮮やかに甦り、ワンピースを強く抱き締めた。

嘘だらけのデートの中で、あの言葉だけは本心だった気がする。

ううん、そう信じたい。

あたしは椿君を信じたいんだ。

そう気付いたとたん、袖の裂け目に一つ二つと涙が零れた。ワンピースと一緒に、あたしの心も破れてしまったみたいだ。

彼に出会うまで、こんな痛みは知らなかった。
ひどい人だとわかっているのに、惹かれる気持ちを止められない。
大嫌いなはずなのに、どうしようもなく好き。
あたしはワンピースに顔を押し付け、声を殺して泣いた。
どうしよう。
あんな最低な男に——今日、恋をはじめてしまった。

III

翌朝は瞼が鉛のように重かった。なんとかこじ開けて体を起こしたとたん、壁にかけたワンピースが視界に飛び込んできて、息が止まりそうになる。

昨日の出来事は夢じゃない。椿君とデートしたことも、彼に襲われたことも、そんな最低男に恋をしてしまったことも。

高校生になったら……と憧れていた恋は、甘くて楽しいものだった。でも実際は、こんなにも苦しくてつらい。

俯きそうになる顔をぐっと上げて、あたしは努めて元気よくベッドから下りた。冷たい水で顔を洗い、腫れた目をできるだけ大きく開ける。

身支度をする時、少しだけ迷った。制服のスカートを短くしてみようか。せめて髪を下ろしてみようか。そうすれば、いくらかでも椿君と釣り合いがとれる？　昨日、お似合いのカップルに見えたみたいに。

鏡の中に、あのワンピースを着てヘアアレンジをした自分の幻が映る。

あたしは強く首を振り、幻を消し去った。

椿君との釣り合いなんて考えてもしかたない。彼にとってあたしは本気の彼女なんかじゃなくて、遊びの対象にすぎないんだから。

あたしは校則通りに制服を着て、髪をかっちりとおさげに結った。椿君がかけてくれた魔法は解け、いつもの冴えない女の子に戻る。

重い足取りで登校したあたしは、縁日のしつらえのままの教室を見て、少し肩の力を抜いた。今日は春祭の片付けと掃除をすることになっているので、椿君の隣の席に座っていなくて済む。

「おはよう、つばき」

明るい挨拶にぎくりと身を硬くしていたら、後ろからぽんと肩を叩かれた。驚いて振り返ると、市倉さんが親しげに微笑んでいる。

「あ……」

椿君が登校してきたんじゃなかったのか。名前が同じなんてややこしい。容姿や性格はまったく違うのに。

「お、おはよう……ございます」

クラスメートにこんな風に声をかけられるのは初めてで、あたしは緊張して挨拶を返した。市倉さんはちょっと笑って首を傾げる。

「前から思ってたんだけど、同い年なのになんで敬語？」

「え……」

「それに呼び方も深歩《みほ》でいいって。あたしもつばきって呼ぶからさ」

「み、深歩……ちゃん」

呼び捨てはまだハードルが高い。思い切って呼びかけると、

「つばき、顔真っ赤！」

深歩ちゃんはお腹を抱えて笑った。

あたしもつられて笑顔になりながら、無意識に目を動かして椿君の姿を探す。こうやって友達と笑い合えるのは彼のおかげだ。あたしの心を踏み躙《にじ》ったのも彼だけど、助けてくれたのも彼なんだ。

でも実際に椿君が入り口に現れた時、あたしはぱっと目を逸らした。やっぱりどんな顔をすればいいのかわからない。

「さ、片付け始めよう」

ちょうどよく始業のチャイムが鳴り、あたしはそそくさと作業リストを取り出した。借りている道具は返却して、燃やすものは指定の場所に集めて、教室が空っぽになったら掃除して机を戻して……やることはたくさんある。

忙しく動き回っている内に、気付けば椿君の姿は視界から消えていた。

再び彼を見つけたのは、先生に用があって職員室へ行った帰りだ。通りがかった空き教室の中、机に浅く腰掛けるようにもたれ、こちらに背を向けてぼんやりと窓の外

を眺めている。あたしがカットしたさらさらの髪。後ろ姿でもすぐにわかる。

この忙しいのにこんなところでサボっていたとは。声をかけづらいけど、実行委員のあたしが注意しなくちゃ。

あたしは意を決して入り口の戸に手をかけた。でも開けようとしたところで、ぎくりとして動きを止めた。

椿君の均整の取れた体の向こうに、もう一つ人影がある。そして彼の首に回された、白くて細い手。

女の子と一緒なんだ。そう気付いた瞬間、体が凍りついたように動かなくなった。見たくなんかないのに、見開いた目を逸らすことができない。絡み合い、密着しているしなだれかかる彼女の腰に、椿君は軽く手を回している。

二人の体。

昨日のカラオケボックスでの出来事が急に鮮明に思い出され、全身がかっと熱くなった。彼の腕の力強さ、唇の熱さを、肌がはっきりと憶えている。

あの人にもあんなことをするんだろうか。ううん、あたしにだけじゃないっていうことは、最初からわかっていた。

わかっていたつもりだったのに。

なぜかひどく震える手を戸から離そうとした時、ガタッと音を立ててしまった。振り返る椿君の目があたしを捉える前に、逃げるように駆け出す。

彼は追ってこなかったし、片付けや掃除のために戻ってもこなかった。


それからの作業をどんな風にこなしたのか、あたしはさっぱり憶えていない。終業のチャイムで我に返った時には、普段通りになった教室でみんなが帰り支度をしていた。深歩ちゃんが寄り道に誘ってくれたけど、とてもそんな気分になれない。

理由をつけて断り、誰もいなくなった教室にひとりで残った。

空っぽの隣の席。椿君はまだあの人といるんだろうか。あの人と抱き合って……。

もやもやと膨らみかけた想像を振り払おうと、あたしは強く頭を振った。

その時、椿君の机の中から本の角がはみ出しているのに気が付いた。最初は教科書かと思ったけど、そうじゃないみたいだ。タイトルが途中まで見えている。

「『星座の』……？」

気になってそっと取り出してみると、どうやら宇宙関係の本らしい。ぱらぱら捲ってみたところ、専門用語がいっぱいで、あたしにはちんぷんかんぷんだった。

そういえば、昨日カラオケボックスに行った時、楽しそうに星の説明をしてくれたっけ。子どもの頃に嵌まっただけだと言っていたけど、この本を見る限り、彼の興味はそんなレベルじゃなさそうだ。

「椿君、宇宙が好きなんだ……」

彼の席におずおずと腰を下ろし、開いたページの文字列を指先でなぞる。

知らなかった新しい一面。何に関してもいいかげんなのかと思っていたけど、夢中になれることもあるんだ。

あたしは授業中の椿君がそうしているように、上体を突っ伏した。机に頬を当てると、五月の夕陽に暖められてぽかぽかしている。

こんな風に心地いいからいつも寝てるのかな。教科書は全部置いてあるみたいだけど、家ではまったく勉強しないのかな。でももし宇宙工学系の学科に進むなら、大学も選ばないといけないいんじゃ。

目を閉じて考えるのは椿君のことばかりだ。

ああ、あんな最低な人なのに、あたしはやっぱり彼が好……

「そこ、俺の机なんだけど」

ふいに思考を遮った声に、あたしはぱちっと目を開けた。すると目の前数センチの距離に、当の椿君の顔がある。

あたしは悲鳴を上げて跳ね起き、椅子を倒して立ち上がった。

見られた！　よりによって一番見られたくない人に。

言い訳をしたいけど何も思いつかない。それどころかまともに顔を見られない。

あたしはあたふたと椅子を直して自分の席に移動し、椿君に背を向けて帰り支度を始めた。心臓が爆発しそうだ。真っ赤に染まった肌に、彼の呆気に取られたような視線を感じる。

お願いだから何も言わずに帰って。そう祈ったのに、

「おーい」

椿君はあたしのおさげを摑んでつんつんと引っ張った。

「おまえ、やっぱり俺のこと好きなんじゃねえの？」

軽い口調で訊かれ、あたしはぴたりと動きを止めた。否定してやりたいのに口が動かない。

違う、嘘でも否定なんかしたくないんだ。

こんなにもはっきりと気付いてしまったから。

あたしは重い唇をこじ開け、答えとは別のことを口にした。

「……早く行かないと、彼女が待ってるんじゃないの？」

「彼女？」

「だから……」

「ああ、あれか。あの時見てたの、やっぱりおまえだったんだな。ま、イマドキこんなおさげ頭、つばきくらいしかいねえと思うけど」

空き教室で抱き合っていた人のことだと、椿君はすぐに察したらしい。あたしのおさげを指先で弄《もてあそ》びながら、悪びれもせずに続ける。

「あれは彼女とかじゃねえよ。つーか、俺の女はおまえだろ」

「そんなこと言って、あんなにべったりしてたじゃない。あの後もずっと帰ってこなかったし」

「何、おまえ妬《や》いてんの？」

「違……っ」

「あいつとはあれからすぐに別れたよ。教室に戻る途中で担任に捕まって、体育館の片付けの応援に行かされたの。三年の連中、後輩ってだけでこき使いやがって」

あたしの声に被せるように、椿君はうんざりした口調で言った。

その言葉に嘘はなさそうで、あたしは思わずほっと息をついた。そうか、椿君はあの人と一緒だったんじゃなかったんだ。

「あいつは彼女じゃなくて、シロクマでいう交尾仲間ってやつ？」

「シロクマにそんなのいないわよ！」

反射的に言い返してから、あたしはぎゅっと拳を握って俯いた。交尾仲間。つまり椿君はあの人と、恋愛感情もなしにそういうことをしているわけで。

「……遊びで好きでもない人となんて、そんなことができる神経がわからない」

「は？」

「心に決めたたった一人に許すものだから、幸せになれる行為なんじゃないの？」

あたしはそう信じている。気持ちがないと意味がないって。

椿君は少し沈黙してから、茶化すように言った。

「そういや、キスについてもそんなこと言ってたっけな。一生添い遂げるとか何とか。キスで一生添い遂げるなら、その先は結婚するまでできねーんじゃねえの？」

「当然でしょ。結婚式で歩くのはバ、ー、ジ、ンロードなんだから」

「マジかよ」

椿君は噴き出したけど、あたしは大真面目だ。時代遅れの考え方かもしれないけど、そういうことはちゃんと大切にしたい。

あたしが黙っていると、椿君はあたしの肩を掴んで強引に振り向かせた。唇に薄い笑みを浮かべ、すっと顔を近づけてくる。

「おまえ、やっぱり俺のこと好きだろ。そんなに俺の行動、気にしてさ」

「な……」

「昨日の続き、してやってもいーけど？」

あたしは椿君を凝視したまま、何も言えなかった。彼の酷薄な微笑がぐにゃりと歪み、見開いた目から涙が零れ落ちる。

どうしてこんなことが言えるんだろう。人の気持ちなんかお構いなしに。

本気じゃないのに触らないで。心からそう思うのに、肩にかかるこの手を振り払えないのはなぜ？

椿君ははっとした表情になり、自分の手を濡らす雫を見た。しばらくそうしていてから、急に乱暴にその手を離す。

「わかったよ、もうやめる」

「……やめる？」

そう聞き返した時、椿君の顔には微笑が戻っていた。さっきまでとは違う、妙にさっぱりとした笑みだ。

「中学ん時から、よく賭けて遊んでんだよ。真面目な女子を落とせるか、って」

ドクン、と。自分の心臓が大きく震える音を聞いた。鼓動は全身に伝わり、足が震えて座り込みそうになる。

「賭、け……？」

「でも今回は俺の負けでいーや。おまえは初夜までやらせてくれないってことがわかったし、それなりに楽しんだしさ」

椿君はあたしの頭をくしゃっと撫でると、青空みたいに爽やかな笑顔で告げた。

「無理やり俺の女にしたこと、もう解消してやるよ」

言うなり何の未練もなく手を離し、さっさと踵を返してしまう。

あたしは呆然と立ち尽くしたまま、彼の背中が遠ざかっていくのを見送った。その姿が戸の向こうに消え、やがて足音も聞こえなくなる。

「そん、な……」

あたしは吐息のように掠れた声を洩らし、椿君が触れた髪に手をやった。少し乱れている。でもぬくもりはない。椿君の感触は何も。

今日までは、たとえ遊びでも彼女だった。

だけど今、唯一の繋がりを断ち切られてしまった。

あたしたちはもう恋人同士じゃない。友達ですらない。

彼とあたしは違いすぎて。

溢れ出した涙が頬を濡らす。

昨日はじまったばかりの恋は、今日、あっけなく終わってしまった――。


泣き腫らした目を前髪で隠しながら帰宅したあたしは、部屋に入ったとたんに鞄を取り落とした。

ない。夜遅くまでかかって丁寧に繕ったワンピースが。

あたしが椿君とデートしたっていう、嘘みたいな出来事の証が。

脳裏に浮かんだのはさくらの顔だった。あたしは鞄を床に放り出したまま、階段を駆け下りてお母さんを捕まえる。

「さくら知らない⁉」

「え？　用事があるって、おめかしして出かけたわよ。駅前まで行くだけだから、夕飯までには帰るって……つばきちゃん？」

あたしは最後まで聞かずに玄関を飛び出した。

駅前。それだけでは正確な場所はわからないけど、じっと帰りを待ってなんかいられない。たとえ恋が終わってしまっても、あのワンピースだけは譲れないんだ。

夕方の駅前はそろそろ混み始めていた。行き交う人にぶつかっては頭を下げながら、さくらが行きそうな場所を片っ端から捜してみる。雑貨屋で商品におさげをぶつけて叱られ、カラオケ店でお客の情報は教えられないと追い払われ、そろそろ残照も薄れようという頃になって、あたしはようやく妹を見つけた。

中学生のさくらには少し大人っぽい印象の、落ち着いた内装のカフェ。その大きな窓ガラス越しに、あのワンピースを着たさくらの姿が見えた。

その傍らにいるのは、カフェの制服を着てギャルソンエプロンをした長谷川君。春祭の時と同じように、目をハートマークにしてさくらに纏わりついている。たぶんあのワンピース姿を褒めそやしているんだろう。

でもさくらの視線の先にいるのは彼じゃない。そこには長谷川君と同じ格好をした椿君が立っていた。このカフェは彼のバイト先だったんだ。

さくらは椿君へのアピールを隠さず、席にもつかずにしきりに話しかけている。椿君の方は仕事に戻りたがっているように見えるけど、離れたここからじゃはっきりとはわからない。

物陰から身を乗り出していると、ふとこっちを見た椿君と目が合った。あたしは慌てて顔を伏せ、脱兎《だっと》のごとく路地に逃げ込む。

ところがそう遠くまで行けない内に、後ろから追いついてきた椿君に手首を摑まれた。わざわざカフェを出て走ってきたらしい。

「何してんだよ？」

「……と、特に何も」

あたしは肩で息をしながら、しどろもどろに答える。

「俺に会いたくて来たとか」

「違います！」

さっきあんな風にふられたばかりなのに、自分から会いに来る勇気なんてない。もっと自分に自信がある子だったら――たとえばさくらだったら、別れたくないと言いに来ることもできるかもしれないけど。

さくらが椿君に向けた笑顔が甦り、胸がズキッと痛んだ。明るくてかわいいさくら。あのワンピースだって、あたしよりもずっと似合っている。

「でもあのワンピースは……」

無意識に呟くと、椿君は目を瞠ってあたしを見つめた。あたしははっとして口を押さえたけど、もう遅い。

「妹が勝手に着ていったのを取り返しにきたってとこか。……ずいぶん大事にしてるんだな」

「べ、別に深い意味は……」

「おまえの妹」

椿君の口からさくらの話題が出たことに、あたしはどきりとして言葉を呑み込む。

「来年、うちの高校を受験したいってさ。で、おまえは勉強教えるのが下手だから、俺に教えて欲しいって」

「さくらってばそんなことを」

魂胆が見え見えだ。その行動力に驚くやら呆れるやら。

でも少し羨ましくもあって、あたしは小さくため息をついた。

椿君はそんなあたしを見下ろして淡々と続ける。

「今度の土曜、ウチで勉強会な。メンツは俺と西希とおまえの妹、それとおまえ」

「えっ、あたし？」

予定を訊きもせず勝手に断定する口調に、あたしは驚いて顔を上げた。

すると椿君は尊大な表情でにっと笑った。

「当然だろ、ガリ勉は勉強会に来ねえと」

相変わらず失礼な言葉に、自分ルールの理屈、そして傲慢な態度。

だけど思いがけない繋がりが嬉しくて、あたしはそれを拒めなかった。


「おう、来たか」

土曜日の午後、あたしは約束通り椿君の家を訪ねた。

ごく普通の一軒家だけど、高級レストランにでも行くみたいに緊張する。だって妹の付き添いとはいえ、好きな人の家に招かれるなんて初めてだ。

椿君に貰ったワンピースを着ていくかどうか、家を出るぎりぎりまで迷った。でも結局は、襟の詰まった半袖のシャツとデニムのオーバーオールに落ち着いた。髪型もいつも通りのおさげだ。

対してさくらは、目のやり場に困るほど丈の短いワンピースを着ている。

まず長谷川君が、続いてさくらが中に入り、あたしは最後におっかなびっくり扉を潜った。その時にはもう、さくらたちは階段を上がり始めている。

「お邪魔します」

あたしが小声で言うのと同時に、廊下の奥の扉が開いて、出かける支度をした中年の男性が出てきた。椿君のお父さんだろうか。

「は、初めまして。日比野と申します」

あたしはますます緊張し、しゃちほこばって頭を下げた。

すると、彼の方もどぎまぎした様子で会釈した。

「あ、ああ、初めまして。京汰の父です」

恥じらうような言い方が椿君のイメージと重ならなくて、あたしは思わずお父さんを見つめた。洗いざらしのシャツに、寝癖だらけで伸び放題の髪。どうやら見た目には気を遣わないタイプらしいところも、チャラチャラした椿君とは違う。

お父さんは脇の部屋に向かって穏やかに声をかけた。

「研究室に行ってくる。帰りは遅くなるから」

おう、と応えたのは椿君の声だ。音からして、台所でコーヒーでも淹れてくれているらしい。

お父さんは微笑んで歩いてくると、くたびれた靴を履きながら言った。

「あいつが女の子の友達を連れてくるなんて珍しいんですよ」

あたしは瞬きをして、出ていくお父さんの背中を見送る。

意外だった、てっきり何人も連れ込んでいると思ったのに。そうなんだ、珍しいんだ……。

「つばき？」

呼ばれてはっと振り返ると、お盆を手にした椿君が廊下に出てきたところだった。

あたしは緩んだ頬を慌てて引き締め、靴を脱いで上がる。

「お父さんと仲よさそうだね」

「普通だろ。父子家庭ならこんなもんじゃねーの」

あたしは小さく息を呑んだ。悪いことを聞いたかと焦ったけど、先に立って階段を上り始めた椿君の表情は見えない。

案内された椿君の部屋は、イメージ通りスタイリッシュだった。モノトーンのベッドとデスク、四角いローテーブル。ベッドには長谷川君が寝転がっているけど、デスクの上はすっきりと片付いていて、壁にポスターの類も貼られていない。

ここが椿君の寝起きする部屋。

椿君の匂いがするような気がして、呼吸する度にドキドキする。

足を踏み入れたあたしは、やっぱりモノトーンの本棚に目を留めた。『宇宙ステーション』、『航空宇宙工学入門』、『われらの有人宇宙船』……」並べられた本を端から見ていくと、みごとに宇宙関係の本ばかりだ。

「京汰サン、宇宙飛行士を目指してるんですか？」

さくらがテーブルに教科書を広げながら訊くと、椿君はその前にコーヒーを置いて答えた。

「そうじゃなくて、俺がやりてーのは宇宙工学」

「こいつ、昔っから宇宙が好きでさ。東大の理一、目指してんだよ」

長谷川君がベッドから身を起こし、自分のことのように自慢げに言い添える。

「東大？」

あたしとさくらの声が重なった。ただし、さくらは感心したように、あたしは呆れと笑いの混じった口調で。

「うちの高校から東大なんて」

「バーカ。勉強さえできりゃ、高校なんてどこだって同じだろ。だから俺は家から近い高校に入ったってだけ」

あっさりとそう言い切る椿君は、学校のランクとか世間の評価はまったく気にしていないようだ。近いから明應高校。宇宙工学がやりたいから東大理一。自分の意志に基づいて選択していて、名門校というブランドにばかり拘っているあたしとはずいぶん違う。

あたしは改めて椿君の部屋を見回した。よく見ると、スペースシャトルか何かの模型が飾ってあったり、時計が天球儀の形をしていたり、彼の好きなものをはっきりと表している。

椿君は、自分のやりたいことがちゃんと見えている人なんだ。

あたしは何がしたいんだろう……。

そんな疑問がふっと脳裏をよぎった時、椿君がさくらの隣に座って教科書を覗き込んだ。あたしも慌てて反対隣に座り、添削用に持ってきた赤ペンを出す。長谷川君はまたベッドに寝転がってさくらを眺めるばかりで、勉強を教える気はないようだ。

椿君の効果は覿面《てきめん》で、普段あたしが教えていてもすぐに飽きてしまうさくらが、今日はよくがんばった。気が付けば日は傾いていて、模型で作られた小さな宇宙がオレンジに染まっている。

「京汰サンの教え方がわかりやすいおかげで、すっごくはかどっちゃった。勉強会、今日だけじゃ足りないよー」

さくらが甘えるように言ったとたん、長谷川君ががばっと跳ね起きた。

「じゃあさ、夏休みに勉強合宿しない？　このメンツで。伊豆に京汰のじーちゃんの別荘があるんだ」

「えーっ、行きたい、行きたい！」

椿君に向かって身を乗り出すさくらを、あたしは慌てて窘《たしな》める。

「だめだよ、さくら。男の子と旅行なんて、お母さんが許すわけないでしょ」

「女の子だけで行くって言えばいいじゃん。お姉ちゃんが一緒なら、安心して信じてくれるよ」

けろっとして答えるさくらに呆れながら、あたしはそっと椿君の表情を窺った。

ほんの数日前にふった相手と旅行なんて嫌じゃないかな。でも一緒にいるのが嫌なら、こうして家にだって招いてくれないと思うし……。

悩むあたしをよそに、椿君はカップに残った冷めたコーヒーを啜っている。

その時、視界の端でスペースシャトルの模型がきらりと光った。

ちゃんとやりたいことがあって、その意志に基づいて選択している椿君。

あたしはどうしたい？

「――行く」

自分でも驚くほどはっきりと答えが出た。

椿君と一緒にいたい。

ふられても、遊びでも、やっぱり彼のことが好きだから。

高校一年の夏が近づく頃、あたしは初めて親に嘘をついた。

そして迎えた、高校生になって初めての夏休み。

燦々と降り注ぐ太陽の下、布面積がとても小さいビキニ姿のさくらが、細い手でビーチボールを叩いた。難なくレシーブするのは、水着にシルバーのネックレス一つの椿君。高く上がったボールを拾うことができず、長谷川君がさくらに謝っている。

三人のビーチバレーをちらりと見てから、あたしは膝の上に広げた参考書に目を戻した。こうしてパラソルの下にいると、微風《そよかぜ》は涼しく、波音は心地よく、勉強するにはもってこいの環境だ。それなのに……。

あたしは一ページも読まない内に、また三人に目を向けた。はしゃぐ気持ちはわからないわけじゃない。穴場だというだけあってビーチは空いていて、砂浜にはゴミもなく、海は穏やかに凪いでいる。

「でも、あたしたちは勉強しにきたんでしょ？　なのに遊んでばっかり」

ぶつぶつ言いながら、今度こそ参考書に集中しようと視線を落とした時、

「つばき、何やってんだよ」

椿君が白砂を踏みしめて近づいてきた。

あたしは顔を上げたけど、彼の上半身が目に入って、慌ててまた俯く。くっきりした鎖骨に、無駄のないしなやかな筋肉。自然に顔が赤らんでしまって、どこを見ればいいのかわからない。

「何って、勉強だけど……」

「ビーチまで来て勉強って、どんだけガリ勉なんだよ」

もごもごと答えると、椿君は思い切り呆れたような声を出した。かと思うと、突然あたしの手を摑んで勢いよく引っ張る。

急に立たされたあたしの膝から参考書が落ち、体を包んでいたバスタオルが解けた。そして隠していた水着が露わになった。この旅行のためにと、さくらが半ば強引に薦めてくれたビキニ。ひらひら揺れるミニスカートが付いていて、胸元にリボンがあしらわれている。

あたしはとっさに両手で体を覆った。思い切って着てみたものの、やっぱり恥ずかしい。露出が多いし、だいたいあたしに似合うわけがないんだから。

笑われるのを覚悟して、ぎゅっと目を瞑る。

だけどいつまで経っても笑い声は降ってこない。

恐る恐る瞼を開くと、じっと見下ろしてくる椿君と視線がぶつかった。彼は目を瞠ったまま、瞬きもせずに立ち尽くしている。

「あの……」

おずおずと声をかけようとした時、

「やっぱそれ似合うね！　さくらのオススメのやつ、買ってよかったじゃん」

さくらが明るい声を上げて駆け寄ってきた。はっとしたように目を逸らす椿君の隣に立ち、さらにその隣に長谷川君もやって来る。

「さすが、さくらちゃん！　てゆーか、日比野、けっこういいカラダ……いてっ」

長谷川君が途中で悲鳴を上げたのは、椿君がいきなり彼の頭をはたいたせいだ。

「俺でさえまともに見たことねーのに、おまえがじろじろ見てんじゃねーよ」

椿君は不機嫌そうに言い放つと、またあたしの手を掴んだ。乱暴に引っ張って、海の方へと大股で歩き出す。

引きずられるようについて行きながら、あたしは戸惑って彼の後頭部に尋ねた。

「何？　何か怒ってるの？」

行動の意味がわからない。椿君の気持ちがわからないよ。

掴まれた手が心臓になったみたいに、ドキンドキンと脈打っている。変な期待なんかしちゃいけないのに。

ふくらはぎまで海に入ったところで、ようやく手を離した椿君は、その手で波を掬ってあたしにかけてきた。

「な、何するのよ！」

海に引っ張ってきたのは、こうやって意地悪するためだったんだ。期待なんかしてないけど、ドキドキしてバカみたい。

あたしはもっと大量の水を掬ってやり返してやった。あたしがカットしてから短いままにしている髪が、濡れそぼって顔に張り付く。

「てめえ……」

ぽたぽたと雫を落とす前髪の隙間から、椿君は恐ろしい形相であたしを睨んだ。縮み上がる間もなく反撃が来る。

でも、あたしだってやられっ放しじゃないんだから。

「さくらたちも交ぜてよー」

さくらと長谷川君がぱしゃぱしゃと波を蹴立てて駆けてくる。

後はもう勉強どころじゃなくて、日が傾き水が冷たくなってくるまで、あたしの参考書は砂浜で寝ている羽目になった。

椿君のおじいさんの別荘は、ビーチから歩いて十分ほどのところにある。木々に囲まれたロッジ風の建物で、小高い山の中だけど、道が整備されているので足元は悪くない。

ビーチを出る時、あたしたちは二手に分かれることにした。男子二人は全員の荷物を持って別荘に帰り、電気やガスや水道をすぐ使えるようにしておく係。あたしたち姉妹はコンビニで夕食を買って帰る係。今日は別荘に荷物だけ放り込んで、すぐに海に行ってしまったから、点検も掃除も料理の準備も何もしていない。

あたしとさくらは地元の小さなコンビニに行き、パンやおにぎり、飲み物やおやつなんかをたくさん買い込んだ。さくらはお酒を買いたいと言ったけど、それはもちろん却下だ。

手分けして袋を提げ、夕陽に照らされた坂道をゆっくりと上る。波の音、葉擦れの音、サンダルの足音、コンビニの袋がかさかさ鳴る音さえ、すべてが心地よい音楽みたいにあたしの心を弾ませる。

この旅行がこんなに楽しいなんて思わなかった。勉強しかなかったあたしが、参考書を放り出して水着ではしゃぐなんて。しかもそのことを後悔していないなんて。

明日もこんな日だといい。

そしてできれば、もう少しだけ椿君に近づきたい。

だけどそんな考えは甘かったんだと、さくらの一言で思い知らされた。

「椿君の部屋に……呼ばれてる？」

「そーなの！　おねーちゃんと一緒じゃなくて一人で来いって。これってそーゆーお誘いだよねぇ？」

　別荘まであと数メートルというところで、あたしは思わず足を止めた。呆然としたまま、浮かれるさくらに何か答えることもできない。急に景色が色褪せ、足元が崩れてしまったみたいだ。

　椿君とさくらが……？　二人が寄り添う姿を想像すると、あまりにお似合いすぎて絶望的な気持ちになる。格好いい椿君と、かわいいさくら。冴えないあたしが入り込む余地なんてどこにもない。

　あたしが何も言えずにいる内に、さくらは軽やかに坂道を上り切った。

「おねーちゃん、邪魔しないでよねっ」

　振り返っていたずらっぽく告げ、「ただいまー」と明るい声をかけながら中に入ってしまう。

　あたしはまだ一歩も動けずに、閉ざされたドアを見つめた。

　このドアは境界だ。椿君はあっち側の人で、あたしはこっち側の人。もともと住む世界が違ったんだ。

　わかっていたことなのに、胸が痛くて息ができない。

　あたしはきつく唇を噛み、こみ上げてくる涙を堪えた。赤い目をして帰るわけにはいかなかった。

上機嫌のさくらと、そんなさくらにまめまめしく尽くす長谷川君、そしていつもと変わらずクールな椿君。彼らとは世界が違うと改めて認識してしまった今、一緒に過ごすのはつらかった。それでも食事をし、さくらに勉強を教える間、あたしはなんとか笑えていたと思う。

「じゃあシャワー浴びてくるね」

かわいらしい下着を抱えたさくらが、弾む足取りでシャワールームに向かうのを見送って、あたしはようやくため息をつくことができた。「散歩してきます」とメモを残し、一冊の本だけを抱えて静かに部屋を出る。これからのことを考えると、とても別荘の中になんていられない。

あたしは星明かりを頼りに別荘脇の小道を下り、別荘のほぼ真下に当たる浜辺に出た。昼間のビーチと違って狭く、石がごろごろしている。流木に腰掛けて眺める海は、煌《きら》めきを失って一面黒く、闇の中から静かな波音だけが聞こえてくる。

つい別荘の方を振り返りそうになり、思い留まって空を見上げた。夏の夜空は宝石をちりばめたようで、眺めていると吸い込まれそうだ。

「あ、北斗七星……ってことは、あれが大熊座で……北極星、見つけた」

一人で呟いてから、持ってきた本を開いてみる。『星空案内』というその本は、旅行の直前に本屋で見かけて思わず買ったものだ。ここへ来るまでに何度も読んで、自宅の窓から空を見上げて、主だった星は見つけられるようになった。

「あってる、あってる。じゃあ次は琴座のベガ……」

そう口にして、あたしははっと息を呑んだ。琴座のベガは、椿君とのデートで行ったカラオケボックスで、彼が教えてくれた星だ。

「……バカみたい」

あたしは音を立てて本を閉じた。こんなものを買って予習までして、重いのにわざわざ持ってきて。椿君と星の話ができたらいいな、なんて。

そんな幼いことを考えている間に、さくらはあたしの何倍もの速さで彼の胸に飛び込んでしまった。のろまなあたしは、こうしてひとり星を眺めているしかない。

海から夜風が吹き上げてきて、あたしは自分の体を抱き締めた。

「寒いよぉ……っ」

その時、ふわっと体を包み込むぬくもりがあった。背後から回されたしなやかな両腕。耳元に囁く男の声。

「どう？　まだ寒い？」

あたしはとっさに悲鳴を上げた。

「やだやだやだヘンタイ！」

男の腕から逃れようと、おさげを振り回して全身を揺する。

「いてっ……俺だよ、バカ！」

大きな声で怒鳴るように言われて、あたしはばたと暴れるのをやめた。

あたしを罵るこの口調は。

「椿君⁉」

恐る恐る振り向いたあたしは、びっくりして高い声を上げた。背後に屈んだ椿君は、辟易したように髪を掻き上げる。

「ちょっとふざけて脅かしただけで大袈裟なんだよ」

「だって……なんで椿君がここにいるの？　さくらと一緒なんじゃ……」

「一緒なのは西希。どうしてもおまえの妹と二人きりになりたいってせがまれて、俺が伝言してやったんだよ」

あたしは呆けたように口を開けたまま、目の前の男をまじまじと見つめた。間違いなく椿君だ。彼はたしかにここにいる、さくらの傍じゃなくて。

ほっと息をつきかけて、あたしは慌てて口を押さえた。

どうしよう、あたしはすごく嫌なやつだ。さくらの恋が叶わなかったことを、嬉しいと思ってしまうなんて。椿君に呼び出されたと思ったら長谷川君がいて、きっと傷ついているだろうに。

「……待って。それじゃ今、さくらは長谷川君と二人きりってこと？」

その事実に今さら気付いて、あたしは慌てて立ち上がった。『星空案内』が地面に落ちるのも構わず、流木を蹴るようにして別荘に向かって走り出す。

「おい、つばき？　待てよ！」

椿君が後ろから叫んでいるけど、待てるもんか。妹が好きでもない男と二人きりにされているのに。

別荘に飛び込んだあたしは、階段を段飛ばしで駆け上がり、体当たりの勢いで椿君と長谷川君の部屋を開け放った。

「さくら！」

その瞬間に目に飛び込んできたのは、半裸でベッドに横たわる長谷川君とさくらの姿。あたしは声にならない悲鳴を上げ、ぎょっとした顔の長谷川君に摑みかかった。

「うちの妹になんてことすんのよ！　離れなさい！」

ところがその手を押し止めたのは、当のさくらだ。

「やめてよ、おねーちゃん！　邪魔しないで！」

「邪魔？」

「そーだよ、さくらから誘ったんだもん」

さくらは絶句するあたしから目を逸らし、長谷川君に部屋から出ていってくれるよう告げた。彼は腑に落ちない様子ながら、衣服を整えて従う。

ドアが閉まるのを待ってから、さくらは再びあたしの方に向き直った。

「京汰サンは顔が好みだけど、西希クンはやさしーから、キープするのにいいかなって思ったの」

「なんでそんな中途半端なことするの？　人の気持ちを弄ぶなんて、最低の人間のすることよ」

「いーじゃん、別に。おねーちゃんには関係な……」

「あるわよ！」

あたしは抑え切れずに声を荒らげた。さくらを怒鳴りつけたのなんて初めてかもしれない。

「さくらはあたしの妹なんだから」

まっすぐに目を見て告げると、さくらはばつが悪そうに睫毛を伏せた。

あたしは視線を動かさないまま、思い切って続ける。

「それに、あたしだって……」

深く息を吸い込んだ。

「椿君が好きなの」

とうとう言ってしまった。

あたしなんかさくらの足元にも及ばないことも、椿君には不釣合いなこともわかっている。だけど彼を好きな気持ちは、さくらにも誰にも負けないから。

さくらはそんなあたしを黙って見つめ返した。どのくらいそうしていたか、急に噴き出し、けらけらと笑い出す。

「わかったよ、京汰サンはおねーちゃんに譲る。だってあんまりにもマジなんだもん、おかしくって。顔コワすぎて超ウケるー」

「さくら、あたしは真面目に……」

「まだわかんないの？　さくらは京汰サンにフラれたんだよ。西希クンに協力するってことは、さくらの気持ちは完全にスルーされてるってことじゃん」

さくらの目の縁に光るものを見つけて、あたしは言葉をなくした。笑いすぎたせいじゃないことは、ぎこちない表情からわかる。

「でもいいんだ。西希クンもよく見たらタイプだし。さくらは愛するより愛されたい派だし」

「……本当にそれでいいの？」

聞いたとたん、顔面めがけて枕が投げつけられた。

「なに心配なんかしてんの!?　すっごい余裕じゃん！　自分の方が京汰サンに好かれてると思って」

「そんなこと……」

「あるよ！　だって京汰サンはさくらのこと、一回も名前で呼んでくれたことないもん。おねーちゃんのことは、つばき、つばきって……」

さくらの顔がくしゃっと歪み、両目からぽろぽろと大粒の涙が零れ落ちた。

――つばき。

ふいに椿君の声が聞こえた気がして、あたしは小さく息を呑む。

さくらは子どものようにしゃくりあげながら、両手で涙を拭ってあたしを見た。

「おねーちゃんはさくらのカタキをとって、京汰サンとくっついてよ」

「そんな、無理だよ」

「無理じゃないよ。おねーちゃんは今はダサイけど、やろうと思えばいくらでもかわいくなれるはずだもん。だって毎朝さくらの髪をかわいくしてくれる、自慢のおねーちゃんなんだから」

「さくら……」

さくらは濡れた両手をあたしの背中に当て、椿君たちの部屋から押し出した。涙の溜まった大きな目を細め、にっこりと笑う。

「さくらに言えるんだったら、京汰サン本人にも堂々とコクりなよ」

あたしが何か答える前に、すばやくドアが閉ざされた。その寸前、さくらの白い頬を涙が滑り落ちるのが見えた気がした。

「……ありがとう」

あたしはドア越しに告げ、再び別荘の外に出た。椿君がまだ外にいるかどうかわからないけど、捜して会いに行ってみよう。さくらが勇気をくれたから。

あちこち歩き回っている内、気付けば別荘から少し離れてしまっていた。ロッジ風の三角屋根が木々の向こうに見える。

戻ろうと足を踏み出しかけた時、近くに別の建物があるのが目に入った。他の人の別荘だろうか。それにしては妙な形をしている。細長い筒の上にドームを被せたような格好だ。

恐る恐る近づいていくと、雑草を踏み分けたような跡があった。もしかして椿君がここに？　少し迷ってから、その跡を辿ってみることにした。それはまっすぐ建物へと続き、階段の下で途切れている。

思い切って階段を上ったあたしは、正面の扉をそっと開けてみた。そしてその瞬間に、あっと声を上げそうになった。

広々とした円天井の空間。前方の壁面から天井にかけて、湾曲に沿って細長く開いた窓。中央には巨大な望遠鏡――たぶん天体望遠鏡が、まっすぐ夜空に向かって聳《そび》えている。

「天文台……？」

呟くと、望遠鏡の前に座っていた人物が振り返った。

「おう、おまえか」

「椿君……一人でこんなところにいたんだ。すごいね、ここ」

「じーさんが道楽で建てたんだ。これを覗くのが楽しみで、ガキの頃は長い休みの度にここに来てた」

椿君は愛しげに望遠鏡を撫でた。本当に星が好きなんだ。

おずおずと傍に近づくと、頭上から清らかな光が降り注いでくる。まるで星の海に潜っているみたい。

「きれい……」

「これで見るともっとすごいぜ。見てみる？」

「いいの？」

椿君はあたしの手を引いて、自分の脚の間に座らせた。

背中からすっぽり包まれる格好になり、あたしの腰と椿君のお腹が密着する。一気に鼓動が跳ね上がり、反射的に背中を浮かせようとするけど、体の両脇には彼の腕があって自由に動けない。

椿君はあたしの後ろから望遠鏡を支え、わくわくしたような声で促した。

「ほら、見てみろよ。このまま覗けば『晴れの海』が綺麗に見えるから」

「『晴れの海』って、アポロ17号が到達したところだよね？」

たしか月にある盆地の一つで、昔の人が海と勘違いして名付けたんだっけ。

問いかけると、椿君は驚いたようにあたしの顔を覗き込んだ。何、間違えた？　どきりとするあたしを見つめ、彼は破顔一笑する。

「やるじゃん、つばき！　こんな話、他のやつにしたってポカーンなのに」

「あ、あたしはガリ勉だから。椿君に負けてられないって思って、宇宙のこともちょっと勉強したの」

「ああ、これで？」

椿君が思い出したように差し出したのは、さっき放り出してきてしまった『星空案内』だ。彼と星の話ができればと思って買った本。ガリ勉でよかった、と初めて思う。

あたしはドキドキしながら望遠鏡を覗いた。

「わあ、こんな風に見えるんだ」

月をこうやって眺めたことはなくて、あたしは夢中になって目を凝らす。

しばらくそうしていると、突然、後ろからぎゅっと抱き締められた。

あたしはびっくりして望遠鏡から目を離したものの、振り返ることも声を出すこともできない。静けさの中、自分の鼓動ばかりがうるさい。

「……だめだな」

椿君が呟くと、吐息が首筋をくすぐった。びくっと体が跳ね、息がかかった部分から全身に熱さが広がる。

「もう俺の女じゃないのに、つばき見てると、つい手ェ出したくなる」

あたしは身を硬くしたまま、何も言えずに浅い呼吸を繰り返した。

それって、少しはあたしを女の子として意識してくれてるってこと……？

訊けずにいる内に、椿君はふっと腕の力を緩めて立ち上がった。窓の傍へ行き、肉眼で星空を見上げる。

「こぐま座流星群って知ってるか？　クリスマス頃に見えるやつ」

あたしは彼の背中を見つめ、つっかえながら答える。

「……本に載ってた気がする、けど」

「来年のクリスマスイブ、ここに来て一緒に見よーぜ」

一緒に？

せっかく鎮まりかけた鼓動がまた高鳴った。クリスマスイブに誘ってくれるなんて、やっぱり椿君の真意がわからない。

期待してしまいそうになる心を抑えようと、あたしはわざと冷静ぶって言った。

「なんで来年なの？」

「今年はここ、補修工事すんだよ。だから来年、約束な」

「……うん」

あたしは戸惑いながら頷いた。

椿君は来年もあたしと繋がっていてくれるつもりなんだ。遊びの彼女でさえなくなったら、一切の関係が絶たれてしまうと思っていたのに。

椿君はあたしのことをどう思っているんだろう。

あたしは椿君の後ろ姿をじっと見つめた。彼は子どもみたいに熱心に、飽きもせず空を眺め続けている。

椿君の好きなもの。

がんばれば、あたしもそれになれるのかな。

泣き笑いするさくらの顔が脳裏をよぎり、あたしはぎゅっと目を瞑った。飛び出しそうな心臓の音を聞きながら、勇気を振り絞って口を開く。

「椿君」

「ん？」

「手、出していいよ」

椿君が驚いて振り返る気配がした。

消えてしまいたいくらい恥ずかしいけど、伝えなくちゃいけない。

最低最悪な男に、生まれて初めて恋をしたことを。

「あたし……椿君が好きだから」

——言った。

微かに震えるその声は、自分のものじゃないみたいだ。彼の反応が恐くて、目を開けることができない。

「……驚いた。まさかつばきがそんなこと言うなんて」

ややあって返された彼の言葉に、あたしはこわごわと瞼を上げた。そしてその瞬間に凍りついた。

星空を背にした椿君が、ひどく冷ややかな顔をしていたから。

「がっかりだよ」

「……え？」

あたしを見据える彼の瞳に宿るのは、失望と軽蔑。

「変わんねーな、あの女と」

彼はそう吐き捨てると、さっさと天文台から出ていってしまった。

ひとり残されたあたしは、呆然と座ったまま遠ざかる足音を聞く。

何、それ。

あの女って誰？
どうしてあんな目で見られるの？
さっきまで仲よく話していたのに。来年の約束をくれたのに。
わけがわからなかった。
わかったのは一つだけ。
どうやらあたしは、椿君にふられたらしい。

IV

椿君が席替えを提案したのは、二学期に入ってすぐのことだった。

気まずい状態で旅行から帰ってきて以来、夏休み中は一度も顔を合わせていない。

新学期に入ってからも、隣の席だというのに一言も口を利いていない。あたしが話しかけても無視され、目さえ合わせてくれない日々が続いていた。

ふられたことはしかたない。もともと椿君とは釣り合わない上に、彼にとってあたしは遊びの対象でしかなかったんだから、覚悟していたことだ。

だけど、どうして告白しただけでこんなに嫌われてしまったんだろう。

「あの、椿く……」

彼は今も頬杖をついてそっぽを向き、あたしの声が聞こえていないかのように振舞っている。こうして理由を聞くこともできないまま、あたしと椿君の席は遠く離れてしまった。

気まぐれに優しくされたからって、調子に乗りすぎたんだろうか。こんなあたしなんかが椿君に近づけるわけがないのに。

そう思いかけ、はっとして首を横に振る。

あたしなんか、なんて考え方はやめなくちゃ。そんなマイナスな考え方にはもう逃げない。自慢のお姉ちゃんだと言ってくれたさくらのためにも。

放課後、あたしは昇降口に向かう椿君を呼び止めた。振り返った彼の冷たい表情に怯みそうになりながら、ぐっとお腹に力を入れて尋ねる。

「一つだけ教えて。なんであたしを嫌いになったの？」

椿君は少しの沈黙の後、感情の見えない淡々とした口調で答えた。

「おまえが俺に『女』を見せたからだ」

「え？　どういうこと？」

「質問は一つだろ」

彼は素っ気なく会話を打ち切り、さっさと歩き去ってしまう。

唇を噛み締めて家に帰ると、

「おねーちゃん、ちょっといい？」

さくらと、なぜか長谷川君が部屋にやって来た。二人はあの勉強合宿から本当に付き合い始めたらしい。

「西希クンが、おねーちゃんに話したいことがあるって」

「学校で椿との様子見てたら、黙ってらんなくてさ」

言いにくそうに目を伏せる長谷川君を、あたしは慌てて招き入れた。そうだ、親友の彼なら事情を知っていてもおかしくない。

さくらがベッドに座ると、長谷川君はその足元の床に胡坐《あぐら》をかき、フローリングの木目に視線を落として口を開いた。

「日比野、ひょっとして椿にコクった？」

「えっ、どうしてそれを……」

「やっぱり。あいつが急に掌を返したのはそのせいだよ」

「どういうこと？　椿君は、あたしが『女』を見せたからだって」

あたしが身を乗り出すと、長谷川君はため息をつき、明るい茶色の髪をくしゃりと掻いた。

「あいつはさ、過去に女に裏切られたことが、すげートラウマになってるから」

「裏切られた？」

「椿の母ちゃん、あいつが八歳の時に、男作って家を出てったんだ。妻であることより母親であることより、『女』であることを選んだってわけ。優しい母ちゃんで、いつもあいつに『大好き』って言ってたのにな」

あたしの喉がひゅっと鳴った。

変わんねーな、あの女と――そう吐き捨てた椿君の声を思い出す。

ようやくわかった、あたしが急に嫌われた理由。

だけど、じゃあどうすればよかったんだろう。ずっと頑なに椿君を拒み続ければよかったの？　嫌い続ければよかったの？

こんなに好きにさせたのは椿君なのに。

「つーわけで、あいつは『女』のことも、女の言う『好き』って言葉も信じてないんだよ。必ず裏切ると思ってるみたいで」

「うわぁ、めんどくさー。おねーちゃん、応援しといてなんだけど、京汰サンなんかやめといた方が……」

「やめないよ」

さくらの言葉を、あたしはきっぱりと遮った。

初めての恋を、そんな理由で手放したりしない。

あたしはお母さんとは違うと、絶対に裏切らないと伝えたい。

目を瞠るさくらと長谷川君を、あたしはまっすぐに見据えた。

「手伝って欲しいことがあるの」

十月三十一日のことだ。

学校から一旦帰宅したあたしは、下校時刻が過ぎてからさらに三十分ほど待って、再び学校に戻った。空には星が瞬いていて、しぶとく残っていた生徒も見回りの先生によって追い出されているところだ。

あたしはその隙をついて教室に忍び込んだ。傍らにはさくら。二人とも、両手いっぱいに段ボールや紙袋を携えている。

「おねーちゃん、ほんとにいいの？　夜の学校に忍び込むのって校則違反でしょ？　もし見つかったら内申に響かない？」

「その時はその時よ」

余計なことは考えないで、今はただ椿君に向き合いたい。

「……おねーちゃん、変わったね」

「え？　何か言った？」

「ううん、急いで飾りつけしよっ。京汰サンを呼び出したのって七時でしょ、あと三十分もないよ」

さくらは持ってきた荷物を手近な机に置くと、その中から折り紙で作った輪繋ぎを取り出した。あたしも慌てて風船を出して膨らませ始める。

惑星や月を象《かたど》ったペーパークラフトに、ハロウィンらしくカボチャやコウモリをあしらったガーランド。次々に壁を彩っていくそれらは、さくらと長谷川君に手伝ってもらって、二ヶ月近くかけて手作りしたものだ。

教室の幅いっぱいを使って飾るのは、長い垂れ幕。それには「HAPPY　BIRTHDAY」の文字を刺繍してある。

「これ、いいのかなぁ……」

椅子に乗って垂れ幕の端を吊るそうとしていたさくらが、ふと手を止めて不安げに呟いた。

「誕生日のお祝いって、京汰サン怒らない？」

さくらが気にしているのは、長谷川君がためらいつつも打ち明けてくれた話だろう。

——椿の母ちゃんが出てったのって、十月三十一日、よりによってあいつの誕生日だったんだ。だから誕生日ってのはあいつにとって最悪の日で、女子からお祝いしてあげるとか言われても絶対に誘いに乗らないんだよ。

あたしは作業を続けながら努めて明るく答えた。

「だからこそやるんだよ。あたしは椿君のお母さんとは違うんだから」

「でも、嫌われちゃうかもしれないんだよ？」

「もう嫌われてるよ。だけどあんな理由じゃ納得できない。たとえふられるとしても、もう一度ちゃんとぶつかって、ちゃんとふられたいの」

「恐くないの？」

「恐いよ」

本当は、今も心臓がバクバクしている。またあの蔑むような目を向けられるかもしれない。そもそも来てくれないかもしれない。

「でも逃げたくない。初めて好きになった人だもん」

あたしはふっと微笑み、垂れ幕の片端を吊るして椅子から下りた。

ちょうどその時、さくらの携帯に長谷川君から連絡があった。彼は椿君のバイトが終わるのを待ち伏せしていて、椿君が呼び出しを無視して帰ろうとしたら、なんとか理由をつけて連れてきてくれる手筈になっている。

電話に出たさくらは、あたしに向かって親指を立ててウィンクをした。

ほっとした反面、緊張がいや増し、きゅっと唇を嚙み締める。

時計を見ると、まもなく七時になろうというところだ。椿君のバイト先は駅前のカフェだから、十五分までにはここに着くだろう。

あたしは教室内を見回して飾り付けをチェックすると、最後の仕上げをした。

「わあ……」

さくらが感嘆の声を上げる中、荷物からクラッカーを取り出し、入り口に向かって構える。

ドキドキしながらそうして待つこと十分と少し。

がらっとドアが開け放たれた瞬間、あたしはクラッカーの紐を引いた。賑やかな音と共に紙テープが飛び出し、現れた人物の頭上に降り注ぐ。

「ハッピーハロウィン！　アンド、ハッピーバースデー、椿君！」

明るい声を張り上げたあたしの心臓は、クラッカーよりも大きな音で鳴っていた。

この隙にさくらがもう一方の戸口から教室を出て、そのドアを外から押さえる。同時に長谷川君が椿君の背中を押し、すばやくドアを閉めて出ていけないようにする。

突き飛ばされて教室に入ってきた椿君は、とっさに背後を振り返ったけど、すぐに状況を悟ったらしく観念したようにため息をついた。さらさらの髪に付いた紙テープを払い落としながら、改めてあたしの方へ向き直る。

「どういうつもりだよ、日比野」

日比野――他人行儀なその呼び方に、胸がズキンと痛む。

でもそんなことで怖気づいていられない。

「空を見て！」

あたしは笑顔で天井に向かって手を広げた。

そこに広がるのは、一面の星空。

これこそが飾り付けの最後の仕上げ、プラネタリウムだ。

椿君は黙って天井を見上げた。その目が子どもみたいに輝くのを期待して、あたしは息を詰めて見守る。

　ところが彼は、すぐについと視線を動かした。その先にあるのは、教卓の上にセットした球状の機械だ。

「これってさ、家庭用プラネタリウムだろ。やっぱ本物とは違うな」

　その無感動な声に、保っていた笑顔が凍りつく。どうしよう、大失敗だ。彼の冷めた表情を直視できず、あたしは思わず俯いてしまう。

　でもその直後に、椿君はこう続けた。

「……けど知らなかった。思ってたより、すげーキレイに見えるんだな。知ってたら即買いしてたのに」

　驚いて顔を上げると、椿君の視線は天井に注がれている。きらきら輝く瞳。楽しげに上がった口角。

　この顔が見たかった。好きだと告げたあの日から、ずっと。

　胸がいっぱいになって、目の縁に涙が滲む。せっかく見られた笑顔がぼやけ始め、あたしは急いでそれを拭った。

「このフィルム、プレゼントするよ」

「フィルム？」

　椿君が訝しげにこっちを見る。目が合うのは久しぶりで、やけに緊張してしまう。

「そ、そう、今映してるフィルム。三枚あるから、来年は二枚目、再来年は三枚目、その次の年に本体をプレゼントします」

「はあ？　何だよ、その長期戦」

そう、長期戦だ。こうすれば長く繋がっていられる。伊豆の天文台で、椿君が来年のクリスマスの約束をくれたように。

あの信じられないほど嬉しかった気持ちを思い出しながら、あたしは深く息を吸い込んで告げた。

「二年経っても三年経っても、あたしの気持ちはずっと変わらないから」

そのとたん、椿君の整った顔から表情が抜け落ちた。

次に浮かび上がってきたのは、怒り……ううん、嫌悪だ。

「ずっと、なんて軽々しく口にすんな。女の言うことなんて信用できねえんだよ」

射るような眼差しに、棘《とげ》だらけの口調。

竦みそうになるけど、ここで引き下がることはできない。逃げないでぶつかると決めたんだから。

「女って一括りにしないで。あたしは椿君のお母さんじゃないんだよ」

拳を握り締めて言い放つと、椿君はいきなり激昂した。

「勝手に人の過去、探ってんじゃねーよ！」

「そっちがあたしをふった理由をちゃんと説明しないのが悪いんでしょ！」

荒らげられた声に負けないように、あたしも大声で怒鳴り返す。

「何よ、自分だけ被害者ぶって。お母さんに傷つけられたから、女の子の気持ちを弄んで踏み躙ってもいいの？　椿君は自分が傷つけられたことは許さないくせに、他人を傷つける自分のことは許せるんだね！」

叫びながら、すでに後悔していた。こんな風に罵りたかったわけじゃないのに。

ただ笑顔を見たかった。

彼にとって最悪の日だという誕生日を、楽しい思い出に塗り替えたかった。

あたしは絶対に裏切らないと伝え、想いを信じてもらいたかった。

でも、もうだめだ。めちゃくちゃになってしまった。

涙がこみ上げてきて、あたしはくるりと背中を向けた。

「椿君」

「……んだよ」

「これだけ言わせて」

椿君は返事をしないけど、出ていこうとはせずに続きを待ってくれている。

彼の耳に届く声が震えてしまわないように、あたしは丁寧にその言葉を口にした。

「――好きです」

人工の星空に虚しく響く、ふられるための告白。

それでも、どうしても伝えたかった。

終わりの言葉を待って、あたしは静かに目を閉じる。

どのくらいそうしていただろう。

「……こっち向け」

やがてかけられた言葉に、あたしは背を向けたまま首を横に振った。だって振り向いたら見られてしまう。とめどなく頬を伝う涙を。

「こっち向けって」

でも椿君は、あたしの肩を摑んで強引に体を反転させた。

やめてよ、最後にこんなぐしゃぐしゃの顔、見られたく……

あたしの思考はそこで途切れた。

唇が。

椿君の唇が、あたしの唇に触れている。

あたしは大きく目を瞠ったまま、離れた後も瞬き一つできなかった。

「え……な、んで……」

「初めて出会った時から、おまえってすげー直球なやつだったよな」

困惑するあたしの腰に両手を回して、椿君は穏やかな声音で言った。

「俺のこと嫌いですって全身で表してて、いきなり髪切ろうとしてくるし」

「あ、あれは椿君が嫌がらせするから……」

「いつも本音でさ。今だってズケズケ言いやがって」

言葉とは裏腹に、あたしを見下ろす眼差しは優しい。まるで大切な思い出を懐かしむみたいに。

言いたいことがわからずその顔を見つめると、彼はふっと淡い笑みを浮かべた。

「初めから、つばきには裏なんて一つもなかったのにな」

つばき——やっと呼んでくれた、あたしの名前。

椿君とお揃いの。

その三つの音がとても愛おしく思えて、胸がきゅうっと締め付けられる。

椿君はあたしを腕の中に閉じ込めたまま、星が映し出された天井を見上げた。

「このフィルム、もらっとく。今年の分な」

「え、それって……」

「来年も、再来年も、その次の年もちゃんとよこせよ」

見開いたあたしの両目から、ぽろぽろと新しい涙が溢れ出す。

椿君ははにかむように微笑んで、あたしの耳元にそっと囁いた。

「つばきなら、信じてみてもいいって思ったから」

——届いた。

あたしの想い。初めての恋。

椿君の右手があたしのおさげを軽く摑む。

唇が触れ、次第に深く重なり合う。

彼を強く抱き締めた。彼も同じ強さで抱き締め返してくれた。

十月三十一日、椿君の誕生日。

今日、初めての両想いの恋がはじまった。

V

椿君と両想いになって初めての日曜日、あたしは駅前の大時計の近くに立って、彼がやって来るのを待っていた。五月にデートをした時と同じ状況。でも、いろんなことがあの時とは違う。

もう何度目になるか、あたしは自分の服装を見下ろした。貯めていたお小遣いで買った、かわいいコート。おさげはやめてシニョンに結い上げた髪。ワンピースとミュールは、前に椿君が見立ててくれたものだ。

何日も前から格好を考え、今朝は早くから準備をした。居ても立ってもいられず、待ち合わせの三十分も前に着いた。

こうして彼を待つのが楽しい。彼を想ってドキドキする気持ちは、目に映るすべてをきらきらさせる。

あたしは椿君の本気の彼女になったんだ。

そう意識したら妙に緊張してきて、あたしはバッグの中から丁寧に畳んだルーズリーフを取り出して広げた。その一番上には、「遊園地デート計画表」とタイトルが記してある。彼がチケットを差し出してくれた日から、あらゆる情報を調べて緻密に立てたタイムスケジュールだ。

あたしはちらりと視線を上げ、高く澄み渡った秋空に目を細めた。この分ならロマンチックな夕焼けが見られそうだ。その頃には観覧車に乗って、そこで二人は……なーんて！

考えると顔がぼっと熱くなり、あたしは妄想を追い払おうと大きく頭を振る。

その時、すぐ近くで聞き覚えのある声がした。

「待ち合わせ場所で不審な行動とんないでくれる？　声かけづらい」

はっと我に返ると、呆れ顔の椿君が目の前に立っている。モデルみたいに小さな頭にニット帽を被った彼は、相変わらず目を引く格好よさだけど、その眼差しは言葉通り不審者に向けるそれだ。

椿君は長い指で、あたしの手からルーズリーフを奪い取った。

「げっ。何だ、この分刻みの計画表」

「み、見ないで！」

大慌てで取り返したけど、時すでに遅し。椿君はクスッとからかうように笑い、わざとらしく言った。

「ふーん、そんなに楽しみだったんだ」

「う、自惚れないでよ」

否定しようとするあたしの声には、悔しいくらい力がない。しかも顔が赤くなっているのがわかる。

椿君はまたクスクス笑いながら、あたしを上から下までさっと見た。ドキッと心臓が音を立てる。

あの時のワンピースとミュールだって気付いてくれた？　また、かわいいって言ってくれるかな。

あたしは彼の唇が動くのを期待して見つめたけど、動いたのは唇じゃなくて手だった。ごく当然のことみたいに、あたしの手を摑んで包み込む。

「つばきはその靴じゃうまく歩けねーんだもんな」

手と一緒に心をぎゅっと摑まれた気がした。

憶えていてくれたんだ、これを買ってくれた時のこと。あの時もこうやって手を繫いで歩いたけど、今日の方がもっと温かく感じる。

天気のいい日曜日ということで、遊園地は混雑していた。どのアトラクションにも列ができていて、特に人気のあるものは百分以上もの待ち時間が表示されている。

「やめとかね？」

椿君はげんなりしてそう言ったけど、あたしは首を横に振った。ガイドブックやネットでの事前調査によると、この遊園地に来たなら人気アトラクションに乗らないと始まらない。そうやってせっかく楽しみ方を研究してきたんだ。ただしタイムスケジュールは大幅に修正が必要そうだけど。

あたしたちは覚悟して行列に加わった。周りには他にもカップルがたくさんいて、仲よく談笑したり腕を絡め合ったりしている。基本的にはお互いしか見えていないようで、たまに目立つ椿君を見る人がいるけど、群がってくるようなことはない。そして何より、あたしを見て変な顔をする人がいない。

「あたし、おかしくないのかな」

「何が？」

「椿君の隣にいて……」

確かに今日は服も髪もがんばったけど、中身はやっぱり冴えないあたしなのに。

「バーカ」

椿君は心底呆れたように言って、戸惑うあたしの頭を抱き寄せた。言葉とちぐはぐの優しい手つき。顔に息がかかって、心臓がドキンドキンと騒ぎ出す。

どうしよう、もったいないくらい幸せだ。

椿君とくっついて過ごす百分はあっという間で、あたしたちははしゃいでジェットコースターに乗り込んだ。平然とした彼の隣であたしだけが悲鳴を上げ、まだバクバクしている胸を押さえて出てくると、急降下中の写真が販売されている。

「つばきの顔、すげーぞ！」

椿君は思った通り大爆笑で、あたしは腹が立つやら落ち込むやら。

でも彼の屈託のない笑顔を見ていたら、まあいいやと思えてくる。あたしなんかの顔でそんなに楽しそうにしてくれるなら、いくらでも見せてあげる。

売店で見つけたシロクマのマスコットを買って、軽食やソフトクリームを食べて、風船を配る着ぐるみのうさぎを眺めて。

「椿君、うさぎの横に立って」

お父さんから借りてきたカメラを構えようとしたら、近くにいた従業員さんが「お二人で撮りますよ」と申し出てくれた。

あたしはお礼を言って、うさぎを真ん中に挟む位置に立った。ところがシャッターが切られる瞬間、椿君が急にあたしを抱き寄せたから、うさぎの姿はあたしの後ろに隠れてしまう。

「スイマセン、邪魔なんで」

椿君はうさぎに向かってにっこり笑って告げた。

「ちょっと、うさぎさんに悪いよ」

「何、俺と二人じゃ不満？」

「不満なんて！」

そんなわけない。赤くなって絶句するあたしをよそに、うさぎはすたすたと離れていく。撮影してくれた従業員さんも苦笑いだ。

絶対、引かれた。恥ずかしい。こんな写真……！

いらない、とは思い切れずに、とても丁寧にカメラを受け取ってしまう。

そんな自分に呆れながら微笑んだあたしは、ものすごく幸せだった。

そう、この頃までは。

最初に異変を感じたのは、カメラをバッグに戻して歩き出した時だ。ずくん、と足に痛みが走って、あたしは思わず立ち止まりそうになった。

たぶん慣れないミュールのせいだ。こんなにヒールが高くて不安定な靴なんて、これ以外に履いたことがないから。しかもアトラクションの長い待ち時間を、繰り返し立ちっ放しで過ごしている。

足の裏が攣《つ》りそうで、甲や踵も痛い。指には靴擦れができていそうだ。

「つばき？」

「な、何でもない」

だけどあたしは平気なふりをして、小走りに椿君の横に並んだ。

せっかくの幸せな時間を、足が痛いくらいでぶち壊しにしたくない。計画した通りに行動して、両想いになって初のデートを大成功させるんだ。

あたしは気持ちを奮い立たせ、計画表を見ながら椿君をあちこちに引っ張っていった。目先の「おもしろそう」や「空《す》いてる」に惑わされずに効率よく回るルートを案内し、アトラクションの前ではガイドよろしく由来や性能を説明した。

足はもう立っているのもきついくらい痛むけど、大丈夫、残すは観覧車だけだ。最後に観覧車に乗れば、それでデートは大成功になるはず。

金色に染まり始めた雲を見上げ、あたしは足を引きずって歩き出す。

「なあ、つばき」

そんなあたしに、椿君はトーンの低い声で言った。

「もう帰った方がよくね？」

「え？」

あたしはぽかんとして彼を見つめる。

「でも、計画では最後に観覧車に……」

「何でも計画通りにすればいいってもんじゃねーだろ。なんかおまえ、がんばりすぎてて、見てるこっちがつらい」

その言葉は胸にぐさりときた。真面目すぎると疎外されていた頃を思い出す。

椿君は今日、あたしといて楽しくなかったの？　浮かれていたのはあたしだけ？

「……わかった、もういいよ」

ショックのあまり、思いがけず刺々《とげとげ》しい声が出た。

「あたしひとりで観覧車に乗るから、椿君は先に帰れば!?」

ぐしゃっと握り潰した計画表を椿君に投げつけ、逃げるようにその場から走り去る。

人混みに隠れ、彼の呼ぶ声が聞こえても振り返らなかった。

涙が滲むのは、足が痛むせいだけじゃない。

あたしは洟《はな》をすすりながらふらふらと観覧車に辿り着き、宣言通りひとりきりで乗り込んだ。乱暴にミュールを脱ぎ散らかし、あちこち皮が破れた足を見下ろす。

窓の外からは柔らかなオレンジ色の光が差し込んでくるけど、夕焼けなんかもうどうでもいい。椿君と一緒に見られないなら意味がない。

のろのろと上っていく観覧車は、いつの間にか頂上に近づいていた。あたしは拭っても拭っても潤む瞳で、窓際のプレートに記された文字をなぞる。

『頂上でキスして愛を誓いましょう。するとその愛は永遠になるでしょう』

彼はあほらしいと言うかもしれない。

でもあたしは、このジンクスを知った時から、どうしても二人で観覧車に乗りたかった。ここで椿君とキスしたかった。

なのに今、あたしはひとりで空にぽつんと浮かんでいる。

嗚咽《おえつ》が込み上げてきて、両手で口を覆った。

両想いになれば、二十四時間ただ幸せでいられると思っていたけど、そんなの間違いだったんだ。近づけば近づくほど、たくさん迷ってたくさん不安になる。

好かれていたいと思うから。

観覧車が地面に近づいて、あたしは慌てて顔を拭った。痛む足を無理やりミュールに押し込み、降りる準備をする。

従業員さんが笑顔で扉を開けた、その時だ。

あたしが潜ろうとした扉から、背の高い人影がすっと乗り込んできた。さらさらの茶色い髪に、涼しげに整った顔。

「うそ……」

あたしは大きく目を瞠ってその人を見つめた。

椿君、帰ってなかったの？　まさか追いかけてくれるなんて。

「もう一周ね」

彼が短く告げると、従業員さんは「行ってらっしゃーい！」と明るく送り出してくれた。

再び扉が閉ざされた観覧車の中、あたしはほとんど腰を抜かして椅子にぺたんと座り込む。

その足元に、いきなり椿君が跪《ひざまず》いた。驚いて何も言えないあたしの足にそっと触れ、丁寧な手つきでゆっくりとミュールを脱がす。

「こんな靴擦れ作って。足が痛えなら早くそう言えよ」

彼は不機嫌そうに眉を顰めながら、そのくせ優しくあたしの足を包み込んだ。掌の温かさがじんわりと伝わってくる。

「張り切ってたおまえには悪いけど、俺は別に遊園地なんか好きじゃねーんだ」

「えっ、でも誘ってくれたのは椿君の方……」

「おまえが好きだと思ったんだよ」

怒ったようにあたしの発言を遮ってから、椿君は気まずそうに目を逸らした。

「つばきの楽しんでるとこが見たかっただけ」

その頬が微かに赤いのが信じられなくて、あたしは瞬きさえ忘れてしまう。

じっと凝視していると、彼はますます極《き》まり悪そうに眉間の皺を深くして続けた。

「だからいくら計画を正確にこなそうが、アトラクションに効率よく乗れようが、おまえがつらそうにしてたら俺は全然楽しくねーんだよ」

「ごめんなさ……」

彼が帰ろうと提案したのは、あたしを気遣ってのことだったんだ。あたしはそれに気付かず、勝手に怒って拗《す》ねて。

椿君は持っていたビニール袋の中から、白いもこもこしたスリッパを取り出した。

売店で見かけた、この遊園地のマスコットキャラクターがデザインされたものだ。

項垂れるあたしの足にそれを履かせる。

「こんなんでも痛いよりマシだろ」

あたしは何も答えられなかった。懸命に嬉し涙を堪えていたから。

マシなんてものじゃない。あたしにはこのスリッパが、おとぎ話のガラスの靴に見える。

勉強しかなかった冴えないあたしを、みんなを拒絶し拒絶されていたあたしを、椿君が変えてくれた。

友達ができて、おしゃれを覚えて、かわいくなりたいと願うようになった。

恋を、した。

あたしはお姫様でも何でもないけど、椿君はあたしの王子様だ。

堪えきれずに涙ぐむあたしを、椿君は微笑んで見上げる。その顔に夕陽が降り注いで、綺麗な瞳をきらきら輝かせている。

トクン、と胸の奥が震えた。心に火が灯るような熱が生まれる。

何だろう、初めて感じるこの感覚は。

椿君は微かに笑い、顔を上げたまま静かに目を閉じた。

不思議な感覚が強まり、ある衝動が芽生える。

椿君に、キスしたい。

あたしは思い切って衝動に身を委ねることにした。そろそろと身を屈め、彼の唇に自分の唇を近づける。そっと触れ合わせると、すぐに彼の方から求められ、キスは次第に深く熱くなっていった。

恥ずかしい。でも唇を離したくない。

あたしは椿君の恋人なんだと、肌で感じられるから。

いつしか観覧車は頂上に着いたようだ。あのジンクスを思い出し、心の中で密かに願いをかける。

――あたしは椿君を永遠に愛すると誓います。どうか彼も同じ気持ちでいてくれますように。

あたしを抱き締める椿君の腕に、少し力が籠もったような気がした。


そうして始まった両想いの日々は、温かく、楽しく、立ち止まる間もなく流れていった。

クリスマス、キャンドルに『ＴＳＵＢＡＫＩ』の文字を並べて書いたり。

彼と同じ携帯電話を買って、名前以外にもお揃いのものができたり。

進級して別のクラスになった彼が、教室まで迎えにきたり。

二人で海へ出かけ、手を繋いで砂浜を散歩したり。

時にはうまくいかなくなることもあったけど、乗り越えてこられたのは、いつも根本のところにお互いを好きな気持ちがあったからだと思う。

知らなかった。

好きな人に好かれている、それだけでいろんなものの見え方が変わるんだ。

恋をすれば、世界が変わる。

両想いの始まりの日、十月三十一日。

あれから一年後の椿君の誕生日に、あたしは彼と一緒にプラネタリウムを鑑賞し、約束通り二枚目のフィルムをプレゼントした。

来年も再来年も同じように過ごすことを約束して。

VI

そんな風に穏やかに訪れた二年目の冬、あたしはさくらと長谷川君と一緒に、オープンカフェで人を待っていた。

椿君を加えたあたしたち四人を呼び出したのは、なんとあのカリスマ美容師の花野井さんだ。何でも最近できた彼女を、なぜか椿君と長谷川君に会わせたいとのことで、あたしとさくらはついでらしい。

さすがに風が冷たいこの季節、屋外の席は空いているけど、ぴったりくっついて携帯ゲームをしているさくらたちは寒さなんて感じていないようだ。あたしはと言えば、テーブルに広げた問題集を解くのに一生懸命で、やはりめらめらと熱い。

煮えた頭をこつんと叩かれて顔を上げると、呆れ顔の椿君が立っていた。

「二人きりじゃないとはいえ、デートの待ち時間にまで勉強かよ」

「あたしは椿君みたいに要領よくないんだもん、しかたないでしょ。期末テストも近いし、しっかり勉強しないと順位がキープできないの。いい大学に入れなくなっちゃうし」

「いい大学って、どの辺り狙ってんの?」

あたしは勉強道具をバッグにしまいながら、大学の名前をいくつか挙げた。椿君の目指す東大ほどじゃないけど、それでも明應高校からの進学はまず聞かないところだ。うちの写真館の経営状況を考えたら、できれば家から通える国公立がいいだろう。

「ふーん。で、そこで何やんの？」

隣に座りつつさらに訊かれて、あたしは少し口ごもった。

「何って……わかんないけど、大学はいいとこ出てないとってお母さんも言うし」

「親の言いなりかよ」

「え？」

「おまえにはやりたいこととかねえの？」

思いがけず真面目な表情で見据えられ、あたしはうろたえて目を伏せた。

やりたいこと？　焦って心の中を探してみるけど、椿君にとっての宇宙工学みたいに夢中になれるものなんて見当たらない。

「それは……」

言葉に詰まった時、長谷川君が陽気な声を上げた。

「お、来た来た。花野井さん！」

助かったような気持ちで長谷川君の視線を追うと、トレードマークの中折れ帽を被った花野井さんが、テーブルの隙間を縫って近づいてくるところだ。

「おう、京汰、西希」

軽く片手を挙げた彼は、あたしとさくらを順に見て、滑らかな口調で言った。

「つばきちゃん、しばらく見ない内にますますかわいくなったね。妹のさくらちゃんだっけ、西希にはもったいないな」

「えー、ほんとですかぁ？」

大人の微笑を向けられ、さくらの大きな目が煌めく。まずいと感じたのか、長谷川君が慌てたように口を挟んだ。

「で、花野井さんの彼女はどこっすか？」

彼女、の部分をやけに強調している。

「もしかして俺たちの知ってる人とか？」

「それがさ、びっくりするなよ」

花野井さんは思わせぶりに前置きをして、視線を屋内席との境の方へ流した。

すると、そちらから一人の女性が歩いてくる。小さな頭に長い手足、知的な顔立ちに大人っぽいコートが似合っている。

「……菜奈《なな》」

驚いたように呟いたのは椿君だった。やっぱり知り合いだったようだ。

菜奈さんは花野井さんの腕に両手を絡め、物怖じしない態度で言った。

「こんにちはー。花野井さんの彼女でーす」

「っていうのは嘘で」

花野井さんが朗らかな笑い声を立てる。

「この前、菜奈ちゃんにばったり会ってさ。久しぶりに京汰や西希に会いたいって言うから。おまえら、中学時代はよくつるんで遊んでたもんな」

「いや、まあ……」

なぜか歯切れの悪い長谷川君は、ちらりと椿君を見たけど、椿君の方は真顔で菜奈さんを見ていた。

「おまえ、いつアメリカから帰ってきたんだよ」

「ちょっと前にね。やっぱり東大の理一、受けようと思って。京汰もでしょ？」

「宇宙工学やりてえからな」

「だよね！」

菜奈さんの顔がぱっと輝き、その手が椿君の肩に親しげに置かれる。あたしは思わず椿君の顔を窺ったけど、その表情に変化はない。

こうやって当たり前に触れ合う関係だったんだ。友達でもそのくらいするだろうし、気にするようなことじゃないとわかっているのに、なんとなく落ち着かない。

菜奈さんが大人っぽくて美人でおしゃれだから？　それとも、椿君と同じ東大を目指せる力があるから？　しかも理一というところまで同じで。

　この口ぶりからすると、もしかして彼女も宇宙工学を志しているんだろうか。

「憶えててくれたんだ、あたしとの約束」

「え？」

　その言葉に、あたしはつい声を出してしまった。

　菜奈さんは初めてこちらを向き、あたしやさくらが蚊帳《かや》の外になっていることに気付いたようだ。

「あ、ごめん。ええと……」

「日比野つばきです。初めまして」

「へえ、つばきちゃんっていうんだ。京汰の苗字と一緒じゃん」

　密かに嬉しく思っていることを指摘され、自然に顔が綻ぶ。

　菜奈さんはさくらとも挨拶を交わしながら、隣のテーブルから椅子を取り、椿君の隣に置いて腰を下ろした。彼女とあたしとで椿君を挟む格好になる。

　花野井さんは椅子を動かしはせず、隣のテーブルにそのままついた。学生たちを見守る大人、という構図だ。

　温かい飲み物を一杯ずつ飲んでから、あたしたちはスケートリンクへ移動した。休日の割りには空いていて、白く輝く氷の上を、色とりどりのコートやマフラーを身に付けた人々がすいすい滑っている。

だけどあたしはと言えば、

「あー、あー！」

言葉にならない悲鳴を上げながら、派手に尻餅をついてしまった。もう何回目だろう、スカートはすっかり濡れているし、尾てい骨がジンジンする。手すりに捕まっているのに転ぶなんて、不思議やらみっともないやら。

「恐がって尻出すからだろ。まっすぐ立ってみな」

笑いつつもアドバイスをくれる椿君を見上げ、あたしはなんとか自力で立ち上がった。彼の後ろを、さくらと長谷川君が手を繋いで、花野井さんと菜奈さんが喋りながら、気持ちよさそうに通り過ぎていく。

「あたしに構わなくていいよ。椿君が楽しく滑れないし、みんなにも気を遣わせちゃうし。あたしは一人で練習するから」

思い切って手すりを放してヨタヨタと動き出すと、何か言いかけていた椿君が「あ」と声を上げた。

「そっち行くな！」

その意味に気付いた時にはすでに遅く、あたしの目の前にはよそのカップルがいた。止まることも避《よ》けることもできないあたしは、またしても氷に座り込む羽目になる。

しかも、とっさに引き戻そうとしてくれた椿君を巻き込んで。

「ご、ごめん！」

はっとして謝るあたしの前に、手袋を嵌めた手が差し出された。じっとりとあたしを睨む椿君とは対照的に、「大丈夫？」と優しく微笑んでくれるのは花野井さんだ。彼はスマートな動きで軽々とあたしを助け起こしてくれた。

一方、自分で立ち上がろうとする椿君の傍には、菜奈さんが流れるように滑ってくる。彼女が手を差し出すと、椿君はためらいなくその手を取った。どちらの動きも、久しぶりに会ったとは思えないほど自然だ。

「もう、しょうがないなあ」

ため息混じりの軽口を叩く菜奈さんと、苦笑いする椿君。

何だろう、胸の中にひやりとした風が吹く。心臓が自分の位置を見失っているみたいに落ち着かない。

「ところで京汰、こないだ出たばっかりの本なんだけどさ」

「あれだろ、宇宙エレベーターのやつ。読んだよ。ああいう風に楽しんで書いてるの読むとワクワクするよな」

「そうそう、京汰なら読んでると思った。小難しい理論だけじゃなくて、なんていうのかな……」

「俺たちにもまだまだ研究の余地があるんじゃないかって思わせてくれる？」

「そう！　そういうこと！」

ぱっと顔を輝かせて手を叩く菜奈さんを、あたしは再び手すりに掴まりながら見つめた。椿君の目もきらきらしているのは、氷の反射のせいじゃないだろう。

打てば響くような会話。ぴたりと合った興味とレベル。考えをすべて語らなくても通じているみたいだ。二人の話はどんどん専門的になっていって、椿君に近づくためにちょっと齧っただけのあたしには、さっぱり理解できない。

取り残されたような気分になって目を背けると、手すりにもたれて休憩していた花野井さんと目が合った。見透かすような眼差しに、とっさに視線を逸らしてしまう。

「京汰はなんでつばきちゃんを選んだのかな」

花野井さんは独り言めいた口調で呟いた。その声は穏やかに低く、あたし以外には聞こえていないようだ。

「え……」

「それがわかんないから自信が持てないんだよな、つばきちゃんは」

どきりとして息を止めたあたしは、何と答えていいかわからず、とりあえず足を動かそうとした。でも一メートルも進めない内に、またバランスを崩して尻餅をついてしまう。

あたしは思わず椿君を見た。でも彼は菜奈さんとの議論に夢中で、あたしが転んだことに気付いていない。

濡れたスカートが、急に冷たさと重さを増した気がした。


それからはほとんど口も開かずに、ただ時間が過ぎるのを待っていた。そのせいだろうか、帰り道、あたしの足取りは妙にのろのろとしていて、みんなが横断歩道を渡ったのに、ひとりだけ渡りそびれてしまった。

車が行き交う向こうに、並んで会話を続ける椿君と菜奈さんの背中が見える。あたしだけが取り残されていることに、誰も気付いていないようだ。椿君さえ。

なんだかいたたまれなくて、あたしは密かに踵を返して道を違えた。二人の後ろをついて歩く気にはなれない。

少しして携帯が震えたけど、相手は見ずに電源をオフにした。

さくらが部屋に飛び込んできたのは、あたしが家に帰ってすぐのことだ。

「おねーちゃん、どーしたの？　気付いたらいないからびっくりしたよー」

「ごめん……。菜奈さん見てたら、なんだか気後れしちゃって」

「気持ちはわかるけど、そんなこと言ってちゃダメだよ！」

さくらは肩をいからせて部屋に入ってくると、あたしのベッドに座り、クッションをぎゅうぎゅうと締め付けた。

「西希クンに聞いたんだけど、京汰サンと菜奈サンって、中学時代はベストカップルって言われてたんだって」

「ベストカップル？」

胸の奥がひやりとして、鸚鵡返《おうむがえ》しにした声が揺れる。

「学校一モテる男と学校一モテる女の組み合わせだったらしいよ」

「……付き合ってたってこと？」

「そこがよくわかんないの。二人はもともと仲がよくて、一回、菜奈サンが京汰サンをふったって噂が流れたんだけど、それからもずっとフツーにいい友達って感じだったって」

菜奈さんが椿君をふった？　その言葉にあたしは違和感を覚えた。

だってそれだと、椿君が菜奈さんに告白したことになる。去年の誕生日まであんなに女性不信だった彼が、彼女のことだけは好きになったんだろうか。

——つばきなら、信じてみてもいいって思ったから。

両想いになった夜にくれた、大切な言葉。同じ気持ちを菜奈さんに対しても抱いていたなんて考えたくない。

だけど今日の親しげな様子を見れば、もしかしてということも……。

「おねーちゃん！」

強く肩を揺さぶられ、意識を引き戻された。

「ぼーっとしてる場合じゃないってば！　ライバル出現なんだよ？　あの態度、絶対に京汰サンに気があるよ。奪《と》られないようにがんばんなきゃ！」

「がんばるって、どうやって？」

「えっと、例えばほら、カラダで繋ぎとめるとか」

「体⁉」

あたしはぎょっとしてつい大声を上げた。慌てて口を押さえ、建てつけの悪いドアを窺うけど、お母さんが何事かと様子を見に来る気配はない。

とりあえず息をついてから、あたしは小声で一つ下の妹を叱り付けた。

「何てこと言うの！　あたしたちはまだ高校生なのよ？」

ところがさくらは小さくなって反省するどころか、奇妙なものを見るような目つきであたしを凝視している。

「その反応って……まさかおねーちゃん、京汰サンとまだなの？」

「まだって何が……」

聞き返そうとして、途中でその意味に思い当たった。つまり体のそういうことか。

椿君の腕の力強さ、強引な舌の動きを急に思い出し、とたんに熱くなった顔を慌てて俯ける。

「だ、だって、結婚するまでそういうことはすべきじゃないでしょ？　そもそも、せ、生殖行為なんだから、子どもを作るわけでもないのにする必要ないし……」

恥ずかしくて語尾を濁すあたしを、さくらはまじまじと見つめた。

「おねーちゃん、そんな風に考えてたんだ」

「え？　他にどう考えるの？」

「愛情表現。ただ好きだからするんだよ」

あまりにもシンプルな答えに、あたしははっと目を瞠った。ずっと探していたものが実はすぐ目の前にあったような、不思議な感覚だ。

さくらは何かを思い出すような目つきになって、はにかむように微笑んだ。

「あんなこと、特別な人としかできないもん」

特別な人――。

その瞬間、椿君の笑顔が鮮やかに浮かんだ。

おずおずと携帯を取り出し、電源をオンにしてみると、彼からの電話とメールがいっぱいだ。勝手にいなくなった女を追いかけるような人じゃないのに。

あたしも彼にとって特別なんだって、自惚れてもいいのかな。

菜奈さんほど長い時間を分かち合っていないし、同じレベルで宇宙工学の話もできないけど、それでも特別でいられるんだろうか。

あたしは深呼吸をしてから、ゆっくりとメールを打ち込んだ。

『黙って帰ってごめんなさい。電話やメールも返さなくてごめんなさい。時間があったら、期末テストの勉強を一緒にしましょう』

三度読み返し、思い切って送信ボタンを押す。

椿君からの返信はなかなかなくて、不安で胸が潰れそうになった頃、夜遅くになってようやく着信音が響いた。

『次にバイトが休みの日、うちに来いよ。妹や西希は抜きで』

あたしはほっと息をつき、彼とお揃いの携帯を祈るように握り締めた。


菜奈さんと偶然ばったり会ったのは、それから数日後のことだ。椿君の家に行く前日、少しでもかわいく見えるように、学校帰りに新しいシュシュを買いにいった時だった。

「つばきちゃん?」

声をかけられたあたしは、相手が菜奈さんだと認めて体を強張らせたけど、彼女の方は何のわだかまりもないようだ。椿君に気があるなんてさくらの勘違いじゃないかと思えるほどに。

「ちょっと話さない？」

菜奈さんは親しげに笑って、あたしを近くの公園に誘った。

十二月が近づいて、天気はいいけど空気の冷たい日が続いている。公園に人気はなく、ベンチに並んで腰掛けるとお尻がひやりとした。

「ごめんね、そっちの学校もそろそろ期末テストでしょ」

「平気です」

本当は遊んでいる余裕はなかったけど、あたしはつい見栄を張った。彼女の制服が、この辺りで一番の進学校のものであることには気付いていた。あんなに勉強したのに合格できなかった、あの。

つい硬い口調になるあたしとは対照的に、菜奈さんはさばさばした様子で、自販機で買った缶コーヒーを差し出した。「寒い中にあたしが誘ったんだから」と、財布を出そうとしたあたしの手を押し止める。

「あたしね、京汰につばきちゃんみたいなちゃんとした彼女ができてよかった、って思ってるんだ」

「……そう、ですか」

唐突な言葉にどう反応したらいいのかわからず、あたしは曖昧に相槌を打った。もらったコーヒーもなんとなく持て余し、開けずにカイロ代わりにする。

一方、菜奈さんはカシュッと軽やかな音を立ててプルトップを開けた。

「だってあいつ、中学の頃はひどかったもん。女の子、片っ端からひっかけて。あ、ごめん。でも知ってるよね？」

「……知ってます」

熱い缶をきゅっと握って答える。彼の過去についてはあんまり考えたくないけど、それも受け容れて好きになったんだ。今の彼を信じているから、このくらいのことで動じたりしない。

だけど次の言葉には、つい肩を揺らしてしまった。

「あたしもひっかけられた一人だけど」

「え……」

「初めて同士だったんだ、あたしと京汰は」

さらりと告げられた内容に、一瞬、頭がくらりとする。初めて……って、そういう意味だよね？

特別な人としかできないもん——さくらの言葉が甦る。

「あ、でも今はただの友達だから気にしないで。初めての人は忘れられないなんて言うけど、あんなの嘘だよ」

菜奈さんは笑ってあたしの腕を軽く叩いた。

あたしはなんでこの人に励まされているんだろう。なんで堂々としていられないんだろう。

彼女は黙ったままのあたしから目を逸らし、コーヒーを一口飲んで続ける。

「でも驚いた。あの京汰がちゃんと彼女を作るなんて。つばきちゃんのどこが他の子と違ったのかな？」

そんなこと、こっちが知りたい。

どうして椿君はあたしを選んでくれたのか。

そういえば、この間、花野井さんにも同じようなことを言われたっけ。二人の言葉が頭の中をぐるぐる回る。

菜奈さんはまたコーヒーを一口飲んで、ふと話題を変えた。

「つばきちゃん、大学はもう決めてる？」

「まだはっきりとは……」

「そっか。でも京汰とは一緒じゃないんだ？」

あたしは答えられずに缶の縁を見つめる。東大の理一。無理だ、あたしでは力が足りないし分野も違う。

「あたしね、中学の時、京汰と約束したの。一緒に東大の理一に行って宇宙工学やろうって。京汰は何の気なしだったかもしれないけど、あたしは本気だった。だから、そのためにアメリカから帰ってきたんだよ」

あたしは息を呑み、指先が白くなるほど強く缶を摑んだ。

「菜奈さんは……」

椿君のことが好きなんですか？

思わずそう尋ねそうになるけど、はっきりそうだと答えられたらどうしよう。

「誤解しないで。過去にこだわってどうこうするつもりはないの。ただ京汰とはお互いに理解し合える関係だから、一緒に未来に向かっていきたいだけ」

さっぱりした言い方だった。けれどあたしは素直に聞くことができなかった。

お互いに理解し合えると堂々と言い切れるこの人が、椿君の傍にいる。過去も、未来も。そのことがたまらなく恐い。

黙り込んでしまったあたしを見て、菜奈さんは小さくため息をついた。白い息がたちまち薄暮の空気に溶ける。

「じゃあ……またね」

あたしはかろうじて軽く頭を下げ、菜奈さんの足音が消えてしまうのを待った。

それから携帯を取り出し、椿君にメールをする。

『明日の勉強会、家の用事で行けなくなりました。ごめんなさい』

しばらく待ってみたけど彼からの返信はない。もうバイト中だろう。

手の中の缶コーヒーがどんどん冷えていく。さっき買ったばかりのシュシュが、ひどくつまらないデザインに思えてくる。

「さむ……」

伊豆で椿君が温めてくれたことを思い出しながら、あたしは自分の体を抱いた。


翌日、深歩ちゃんと学食でお昼を食べたあたしは、出ていき際に椿君を見つけた。いつも大勢に囲まれている彼には珍しく、一人でテーブルについている。食事を終え、何か考え事に耽っているようだ。ここ数日、時々こういう姿を見かける。

「ごめん、深歩ちゃん、先に行ってて」

眉間に刻まれた皺が気になって、あたしは彼に近づいていった。テーブルの前まで来たところで、椿君が気付いて顔を上げる。

「何？」

「あ……今日はごめんね、行けなくて」

「ああ、別にいいよ」

機嫌はよくないけど、あたしに怒っているわけじゃなさそうだ。

「家に行って勉強するほどの時間はないんだけど、帰りにどこか寄らない？」

自分と彼、両方の気持ちを切り替えようと、あたしは努めて明るく誘った。だけど椿君は短く断った。

「悪い、今日は俺も用ができた」

「あ、そうなんだ」

それで会話が終わってしまう。何か気の利いたことを言えればいいのに、要領の悪いあたしは何も思いつかない。

その時、どこからかコーヒーの香りが漂ってきた。菜奈さんの顔が脳裏に浮かび、ぎくりと体が硬くなる。あの人なら宇宙工学の話で盛り上がれるんだろう。

胸の中にもやもやと不安が広がり、あたしは思わず尋ねた。

「用って何？」

でも椿君は難しい顔で何か考え込んだまま、問いかけは耳に入っていないようだ。

「何を考えてるの？」

ますます不安になって重ねて訊くと、彼はようやく気付いてあたしを見た。

「え、何？」

「あ、いい、何でもない。いろいろあるよね」

目が合ったとたん、あたしはうろたえて質問を打ち消した。

彼の瞳が思った以上に苛立ち、翳りを帯びているように見えたから。


その日の帰り、あたしはひとりでふらりとプラネタリウムに行った。

本当はまっすぐ帰って勉強するべきだけど、このままではとても手に付きそうにない。椿君と一緒に過ごせない今日、せめて近くに感じたかった。

併設された建物では『宇宙写真展』が催されている。椿君がいたらさぞ喜んだだろう。いつもはクールな瞳をきらきらさせて、それを見たあたしも嬉しくなって。

あたしは軽く頭を振り、見やすそうな席をよく選んで腰を下ろした。平日のせいか周りは空席ばかりで、つい隣に椿君の姿を想像してしまう。最初に今日のデートをキャンセルしたのはあたしなのに、我ながら勝手なものだ。

室内が暗くなり、天井に仄かな光が灯った。映し出されているのは冬の星空だ。

あ、シリウス。あっちはベテルギウス。それにアルデバラン。一面の星空を見上げれば、解説よりも先にいくつかの星を見つけることができる。

こぐま座を見ると、自然に頬が綻んだ。

クリスマス頃に見られる、こぐま座流星群。今年は伊豆の別荘に行って、椿君と二人で眺めることになっている。

一年越しの約束を、彼はちゃんと憶えていてくれるだろうか。近い内にちゃんと確認しておかなくちゃ。

そんなことを考えながら優しい星明かりに包まれていたら、胸にこびりついていた不安はいつしか和らいでいた。

そうだ、あの約束をくれた椿君を信じよう。なぜあたしを選んでくれたのかはわからないけど、彼はあたしを信じると言ってくれたんだから。

プログラムの終了と同時に、気を取り直して元気よく立ち上がる。

その時、見覚えのある男性が後ろの席に座っているのが目に入った。洗いざらしのシャツに、寝癖だらけで伸び放題の髪。

「椿君のお父さん……？」

呟くと、ちょうど向こうもこちらに気が付いたようだ。しばらく顔を見つめていてから、思い当たったように軽く頭を下げてくれる。

「プラネタリウム、よくいらっしゃるんですか？」

出口で合流して尋ねると、お父さんは照れたように微笑んだ。

「ええ、たまに。昔よく家族三人で来た場所なんですよ」

家族三人——お父さんと椿君と、浮気相手と出ていったというお母さん。

あたしはしまったと口を押さえたけど、お父さんは特に気にする様子もなく、相変わらず温厚に微笑んでいる。

それじゃ、と踵を返した彼を、あたしはとっさに呼び止めた。

「あの、お父さん！　……髪の毛、ちょっと直した方が」

振り向いたお父さんは、きょとんとした表情で自分の頭に手を当てる。

あたしは彼をプラネタリウムの向かいにある公園に誘った。今日は秋が戻ってきたように暖かいせいか、昨日、菜奈さんと行った公園と違って、子どもたちがジャングルジムで遊んでいる。

お父さんはその光景に目を細めながら、あたしが促すままにベンチに腰を下ろした。

あたしは彼の背後に立ち、制服のポケットから大きめのハンカチを出して、美容室のケープみたいに彼の首に巻いた。さらに鞄の中にいつも携帯している自分用のスタイリング剤と、かつて椿君の髪を切ったこともあるあの鋏を取り出す。

「すみません、お節介言って」

我ながらそう思うのだけど、なぜか放っておくことができなかった。ぼさぼさの髪も、ひとりで思い出に浸るお父さんも。

「いや、ありがたいです。京汰にもいつも言われてるんですよ、身だしなみをちゃんとしろって。でもなかなか」

「椿君、口悪いですもんね」

「やっぱりあなたにも失礼なことを言ってますか？」

「あ、いえ、そんな」

確かに失礼なことなら山ほど言われたけど、それ以上に嬉しい言葉もくれた。意地悪の裏に隠された優しさを、今はよく知っている。

それをどう伝えようかと視線を彷徨わせた時、お父さんの傍らに小さな花束が置いてあることに、あたしは初めて気が付いた。髪ばかり気にしていて見えていなかったけど、どうやらずっと持っていたらしい。

「綺麗な花束ですね」

「ああ、妻の見舞いにと思って買ったんです」

「え？」

あたしは鋏を構えていた手を止めた。――妻？

「いや、元妻か。京汰の母親が、この近くの病院に入院してるんです。癌でね。早期発見だし手術も成功したんで心配はないらしいんですが。見舞いに行くつもりが行けなくて、ついプラネタリウムなんかで時間を潰してしまった」

恥ずかしそうに話すお父さんの口調は穏やかで、不実な妻を貶す響きはない。

「……椿君は知ってるんですか？」

緊張して尋ねると、お父さんは静かにため息をついた。

「数日前、母親からの電話を偶然あいつが受けたんです。なんであの女から今さら電話があるんだ、と問い詰められて、その前の週に連絡を受けていたことを話しました。入院のことも」

「あの女……」

「母親とは呼びたくないようです」

確かに、今までにも「あの女」と吐き捨てるのを聞いたことがある。

彼にトラウマを植えつけた人。その心に深く残る傷を思うと、自分のことのように胸が痛む。

出すぎた真似と知りながら、あたしは我慢できずに尋ねた。

「でも、お母さんにはお相手がいるんでしょう？」

「一緒に出ていった男とは、五年前に別れたそうです」

「だからって……」

「捨てた男を今さら頼るなんて、ですか？」

お父さんは先回りするように言って、微かに笑ったようだ。

「京汰も同じことを言いましたよ。ものすごい剣幕でね。口には出さなくてもお母さんはおまえに会いたがってるはずだと言ったんですが、会うつもりはないと撥ね付けられました。もう終わったことだと取り付く島もない」

どこか寂しげに息をついたお父さんは、はっとしたように居住まいを正した。

「すみません、あなたにこんな話」

「いいえ。椿君、全然そういうこと話してくれないから」

数日前に電話を受けたというと、ひょっとしてあの日じゃないだろうか。菜奈さんと初めて会った後、あたしが黙って帰ったことを謝るメールをしても、返信が夜遅くまでなかった日。思えば、彼がしばしば考え込むようになったのは、あれからという気がする。

椿君は悩みをぺらぺら口にするような人じゃないし、そもそも悩んでなんかいないと否定するだろう。だけどこんな重要なことなら、あたしにだけは打ち明けて欲しかった。彼女なんだから。

お父さんから顔が見えないのを幸い、あたしはそっと唇を噛んだ。なんだか椿君が遠く感じる。

ぽつぽつと他愛のない話をしながら手を動かし、即席美容室はあっという間に閉店となった。鋏は少し入れただけだけど、寝癖を整えただけでもずいぶんさっぱりしたと思う。我ながらいい出来だ。

ハンカチを振って髪の毛を払うあたしに、お父さんは穏やかに微笑んだ。

「髪がさっぱりすると、気持ちもさっぱりしますね」

「お役に立てたならよかったです」

「いい男に見えますか？」

「ええ、とっても」

珍しくおどけたお父さんの言葉に、あたしは力強く頷いた。彼の笑みが深くなり、その口元にふっと椿君の面影が重なる。似ていないと思っていたけど、星を見て無邪気に笑っている時の表情ならそっくりだ。

「よかった。これで元妻に会いにいけます」

お父さんは気負いのない口調で言った。

あたしは反射的に背筋を伸ばして答える。

「行ってきてください、ぜひ」

「ありがとう」

花束を手にしたお父さんが公園を出ていくまで、あたしは動かずにその後ろ頭を見送り続けた。ありがとうという彼の声が耳に残っている。

あたしが髪を整えることが、足を踏み出す力に少しでもなったんだろうか。だとしたら、とても嬉しい。

あたしは丁寧に鋏などの道具をしまい、公園を後にした。空にはうっすらと一番星が現れ、子どもたちが迎えに来た母親を呼ぶ声が響いている。

その時、信じられない光景が目に飛び込んできた。

道路を挟んで公園の向かいに建つプラネタリウム。その隣の『宇宙写真展』をやっている建物から、見知った二人が並んで出てくる。

自分の目が信じられなかった。大きく瞠り、凝らし、何度も瞬きをした。でも、そこに見えるものは変わらない。

あれは、椿君と菜奈さんだ。

呆然と立ち尽くすあたしに椿君が気付いた。

目が合った瞬間、あたしは弾かれたように駆け出した。

「つばき！」

椿君の声が追いかけてくる。でも立ち止まれないし、振り返ることもできない。

だって何を話せばいいの？　どんな顔をして会えば？

あたしとのデートを断って、菜奈さんと遊んでいた椿君と！

後ろから腕を掴まれ、あたしは思い切り振り払った。

「触らないで！」

「……何だよ」

手を宙に浮かせた椿君は、髪を乱して荒い息をついている。無理やり道路を渡ってきたらしく、背後はクラクションの嵐だ。

「聞けよ」

「何を聞くの？」

菜奈さんと『宇宙写真展』に行った理由？　わかってる。疚《やま》しいことはなくて、ただ彼女の方が宇宙の話がわかるからって言うんでしょう？　だけどあたしだって、椿君の好きなものを一緒に見たかったのに。

どうしよう、頭の中がぐちゃぐちゃだ。何も聞きたくないし、何も考えたくない。湧き上がる感情を抑えられずに、あたしは叩きつけるように叫んだ。

「椿君が信じられない！」

「……は？」

「椿君は大事なことを何も話してくれないじゃない。お母さんのことも、菜奈さんのことも」

椿君は眉を顰めて一拍置いてから、ため息とともに口を開く。

「菜奈とは約束してたわけじゃない。もともとの用事がなくなったところに、ちょうど『宇宙写真展』やってるって連絡があって……」

「初めての相手だったんでしょ？」

まるでこっちが駄々をこねているとでも言わんばかりの態度にかっと来て、あたしは彼の発言を遮った。

椿君は面食らったように言葉を呑んでから、道の向こう側に佇んだままの菜奈さんを振り返る。余計なこと言いやがって、と呟いたようだ。

彼女が黙ってこの言い争いを眺めていることが、あたしをさらに惨めな気持ちにさせる。

「そんなもん、言う必要ねえだろ」

「そんなもん？　あたしはそうは思わない。特別なことだから、特別な人だから……だから隠してたんじゃないの？」

「勝手に決め付けんなよ」

車のライトに照らされた椿君の顔には、苛立ちが滲み始めていた。

でもあたしも引き下がれない。

「今日だって、あたしに嘘ついて菜奈さんに会ってた」

「嘘なんかついてねえよ」

「だって会ってるじゃない！」

聞く耳持たずに怒鳴ると、椿君ははっきりと顔を顰《しか》めて舌打ちした。

「めんどくせえな」

めんどくさい？　……あたしが？

頭を殴られたみたいに、目の前が真っ白になる。今のあたしは、いったいどんな顔をしているんだろう。

「……両想いになって、椿君に近づけたって思ってた。でも違ったんだね。ちゃんと理由も言ってもらえずにふられた一年の夏と変わらない。あたしはまだ椿君の心に入り込めてないんだね」

「ごちゃごちゃうるせえな。言う必要がないことは言わない、それだけだろうが」

「お母さんのことも？」

椿君の目つきがいっそう険しくなった。

「さっきもそんなこと言ってたな。なんでおまえが知ってんだよ」

「なんででもいいでしょ。会いにいってあげないの？　お母さん、会いたがってると思うよ。椿君だって本当は気になって……」

「おまえには関係ねえだろ！」

突然、荒らげられた声に、あたしはびくっと首を竦めた。とっさに瞑った目をこわごわと開けると、彼は俯きがちに顔を背けている。

あたしを見ようとしない椿君。彼にあたしは必要ないみたい。

「……そうだね、あたしには関係ないね」

口に出したら、胸にぽっかり穴が空いたような気がした。椿君の放った言葉はあたしの胸を深く抉り、何か大切なものを奪っていってしまったんだ。心がどんどん冷えていく。

「あたし、椿君と距離を置きたい」

気付けばそう告げていた。

「……本気かよ」

彼がこちらを見ていないのを承知で、黙って頷く。

「好きにしろよ」

椿君は切り捨てるように言った。

あたしは無言のまま踵を返し、冷たいアスファルトの道を歩き出す。

ふいに視界がぼやけたと思ったら、今頃になって涙が溢れてきた。

空にはこぐま座が浮かんでいたけど、歪んでよく見えなかった。

Ⅶ

椿君と距離を置いて一週間、わかったことがある。

彼なしでは生きていけないと思っていたけど、そんなことはなかった。寂しくても呼吸はできるし、食事もできる。ちゃんと勉強もできて、期末テストの結果は悪くなさそうだ。

だけど一つだけできないことがあった。

広げていたノートにぽたりと雫が落ちて、あたしは自分の両目を覆った。こうして勉強に集中していても、深歩ちゃんと楽しい話をしていても、急に涙が溢れ出すことがある。

椿君がいないと笑えない。

あたしは机に突っ伏して、セーターの袖がじわじわと濡れていくのを感じていた。

どのくらいそうしていただろう。耳元で携帯電話が鳴って、あたしはがばっと体を起こした。早鐘を打つ胸を片手で押さえ、もう片方の手でゆっくりと携帯を開く。

あの日以来ずっとこうだ。もしかして、と考えずにはいられない。

届いたメールの差出人を見たあたしは、どきりとして目を瞠った。

椿君ではない。

そこには丸っこいゴシック体で「花野井さん」と記されている。

——京汰はなんでつばきちゃんを選んだのかな。

前に彼に言われた言葉が、急に甦って胸を刺した。それがわからないから自信が持てないんだろう、と指摘された通り、あたしは今もうじうじと縮こまっている。椿君が選んでくれた理由がやっぱりわからないから。

あたしは迷った末に、恐る恐るメールを開いた。

タイトルはなく、本文はたったの一行、『つばきちゃん、明日ヒマ?』

思い切って連絡を取ってみると、用件は、ヘアアレンジの練習用モデルを頼みたいということだった。何でも急に欠員が出たらしい。断りたかったけど、「前に飛び込みでヘアアレンジしてあげたよね?」と言われては頷くしかない。

翌日の放課後、あたしは花野井さんの勤める美容室を訪ねた。

「つばきちゃん、しばらく見ないうちにブスになったねー」

迎えてくれた花野井さんの、開口一番の台詞はそれだ。

「……え?」

「だって、かわいくなる努力を放棄しちゃってるじゃん。おさげじゃないこと以外、初めてここに来た時と同じ」

細長い指でさらりと髪を撫でられ、はっと気付く。

今日の髪形は、長い髪をただ下ろして梳かしただけだ。昨日も、一昨日も、その前もそうだった。もう何日アレンジをしていないだろう。

「あたし、今ちょっと悩んでることとかいろいろあって、髪なんか気にしてられる状況じゃないんです」

「その腫れた瞼や荒れた目元を見れば、毎日泣き暮らしてるのはわかるけどさ」

驚いて目元に手をやると、肌がひりひりと痛んだ。そんな風になっていることにも気付いていなかったなんて。

「す、すみません。写真、撮るって言ってましたよね？」

「まあ、メイクでなんとかなると思うけど。でもさ、髪のアレンジをやめたことで、悩み事について何か進展あった？」

「それは……」

「ないだろ？　それどころか、気持ちが塞いで余計に状況が悪くなるだけだ。だから悩み事で余裕がなくても、髪はいつもかわいくしといた方がいい。外見と内面は繋がってるから、周りの景色もきっと明るく見えてくるよ」

その言葉を聞いて、あたしは椿君のお父さんを思い出していた。彼の寝癖だらけの髪を整えた時、「髪がさっぱりすると、気持ちもさっぱりしますね」と言ってくれたっけ。

花野井さんは大人の表情で微笑むと、あたしを二階に誘った。そこでなぜかフェミニンなニットワンピースに着替えさせられ、華やかなメイクを施され、やっと美容室らしく鏡の前に座らされる。

「あの、参考資料用の写真撮るのに、着替えまでする必要あるんですか？」

「最低限のケアだけはしてるようでよかった」

背後に立って髪を掬った花野井さんは、あたしの質問をまったく無視して、いくらか安心したように言った。あたしをモデルにして練習するのは、どうやら花野井さん本人らしい。

彼は今さら練習が必要なのか疑問に感じるほどの見事な技で、あっという間にあたしの髪をアレンジしていく。緩やかなふわふわのカールに、編み込みにあしらった花飾り。長さも色も変えていないのに、がらっとイメージが一変する様は、相変わらずまるで魔法のようだ。

「終わったよ。おーい、つばきちゃん」

花野井さんの手腕にうっとりと見惚れていたあたしは、何度も声をかけられてやっと我に返った。

「そんなにすごかった？」

「はい！　すごく感動しました。帰ったら真似して練習してみます！」

「……へえ」

勢い込んで頷くあたしを見て、花野井さんはおもしろがるように唇の端を上げた。ところがいざ撮影という段になると、その唇は反対にへの字になった。カメラマンさんも苦い顔をしている。

「つばきちゃん、表情硬すぎ。さっきみたいに笑ってくれないかな」

「すみません、緊張しちゃって」

「じゃあ、何か楽しいこと考えようか。例えば今日、このかわいい格好で京汰とデートするとか」

あ、と思った時には遅かった。このところどうかしている涙腺がまた急に緩んで、目の縁にみるみる涙が溜まっていく。

幸い、零れてメイクが崩れる前に、花野井さんが指先で器用に拭ってくれた。

「地雷踏んじゃったか。京汰と別れたとか？」

「……距離を置いてるんです」

「それって前に俺が言ったことと関係ある？」

あたしがこくんと頷くと、花野井さんはカメラマンさんにしばらく席を外してくれるよう言った。フロアに二人きりにして、話しやすい環境を用意してくれたようだ。

仕事を中断させたことを申し訳なく思いながら、あたしはためらいがちに口を開いた。

「椿君がなんであたしを選んでくれたのか。たぶん花野井さんに言われる前から、本当は自分でも疑問に感じてたんだと思うんです。だから椿君と両想いになれても、幸せにはいつも不安がつきまとってて……」

「菜奈ちゃんの方が京汰にふさわしいんじゃないかって考えちゃう？」

「……はい。菜奈さんは綺麗だしおしゃれだし頭もいいし、何より椿君と同じ宇宙工学の道を目指してるから。話も合うだろうし、彼のことをあたしより理解できるんだろうなって」

「それらは必ずしも恋愛の条件じゃないと思うけど。京汰は君だから好きになったんだろ？」

あたしは縋るような想いで身を乗り出した。

「あたしのどこをですか？」

「それを自分でわからなきゃ、永遠に自信が持てないままじゃん」

笑ってかわされ、あたしは悄然と肩を落とした。白い床に映る影が、やけに小さくみすぼらしく見える。

花野井さんは一つ息をつくと、うなだれるあたしの前にしゃがみ込んだ。

「つばきちゃん、君にはやりたいことってないの？」

どきりと心臓が震える。

──おまえにはやりたいこととかねえの？

前に椿君にも訊かれたことだ。

彼や菜奈さんにとっての宇宙工学と同じくらい、あたしが夢中になれるもの。

「そのためにがんばることができたら、京汰や菜奈ちゃんの前でも堂々と胸を張っていられるんじゃない？」

そうかもしれない。すごいなあ、と見上げるばかりじゃなく。それに比べてあたしなんか、と卑下することもなく。

「でも……それが見つからないんです」

「え、そう？」

消え入るような声で言ったあたしは、花野井さんの意外そうな声に顔を上げた。

「じゃあ俺の勘違いかな。つばきちゃんはすでに見つけてると思ったけど」

「え？　それって……」

問いかけようとしたところで、彼はすっくと立ち上がった。

「そろそろ次のモデルが来る時間だ。つばきちゃんの撮影は最後に回すから、それまでに気持ちの整理しといてね」

鏡を見て中折れ帽の角度を直し、すっぱりと会話を打ち切ってしまう。言った通りちょうどモデルの子がやって来て、彼はたちまちカリスマ美容師の顔になった。

宙ぶらりんのあたしはどうすることもできず、フロアの隅に座って彼の仕事を眺める。一人、二人、三人。その魔法の指先によって、次々に美しく生まれ変わる女の子たち。その姿でカメラに収まる時の、活き活きとした笑顔。

あたしはいつしか夢中になって食い入るように見つめていた。

あんな風にアレンジしてみたい。人を輝かせて笑顔にしたい。

――つばきちゃんはすでに見つけてると思ったけど。

ああ、そうだ。あるじゃないか、夢中になれるもの。

あたしは居ても立ってもいられずに立ち上がった。最後の一人の撮影をチェックしている花野井さんの傍へ行き、深々と頭を下げる。

「ここでバイトさせてください！」

彼は面食らったようにあたしを見て、それから呆れ顔でため息をついた。

「あのねえ、うちは都内でも最高峰のスタッフ集めてんだよ？　いくらバイトでも素人をいきなり雇うっていうのは……」

「お願いします！　あたし、美容師になりたいんです！」

無理はわかっている。それでもぶつかりたい。

やっと気付いた、どうしても叶えたい夢だから。

花野井さんはあたしの目をじっと見つめた。しばらくそうしていてから、帽子の縁を少し上げてにっと笑う。

「言っとくけどキツイよ。こき使うからそのつもりで」

「……はい！　ありがとうございます、がんばります！」

勢いよく頭を下げ、再び上げた時、シャッター音と共に眩《まばゆ》いフラッシュが光った。

参考資料用の写真だったはずのそれは、後日、ヘアカタログに掲載されることになる。そこに写ったあたしは、満面の笑みを浮かべていた。


翌日の放課後から、あたしはさっそくバイトを始めた。最初は店内の掃除からということで、美容師らしいことをさせてもらえるのはまだまだ先みたいだけど、夢の第一歩だと思うと床を掃くのも楽しい。それにこの空間にいるだけで、一流の美容師たちの仕事を間近で見ることができる。

「エプロン、似合ってるね」

丁寧に箒《ほうき》を動かしていると、気合を入れるために高い位置で結んだポニーテールをつんと引っ張られた。常連客を送り出したばかりの花野井さんだ。彼はあたしを試すような表情で小首を傾げる。

「ご両親には話せた？」

「はい。バイトを始めることも、大学には行かずに専門学校に通いたいことも、将来は美容師になりたいことも、昨夜、全部話しました。最初は驚かれて反対されましたけど……」

勉強がつらくて逃げたくなったんでしょう、というのが、お母さんの第一声だった。本気じゃないと信じたいようだった。

お母さんを傷つけるかもしれないと思いながらも、あたしは正直な気持ちを打ち明けた。勉強はお母さんを喜ばせるためにやっていただけで、好きなわけじゃないこと。地味でダサイ自分にはそれくらいしかとりえがないと思って続けていたこと。だけどこれからは、本当にやりたいことを夢にしてがんばりたいこと。

お母さんは困惑しつつ、なんで美容師なの、と訊いた。

「それで、つばきちゃんは何て？」

「じゃあなんでうちは写真館なの、って逆に訊きました」

「その心は？」

「あたしは小さい頃から、父が働く姿を見てきたんです。母もそれをにこにこして手伝ってました。お客さんを笑顔にするために、一生懸命。その人の一日が素敵な思い出になるように。そんな両親を見てたからこそ、あたしもそんな仕事をしたいって思うようになったんだと思います。……そう伝えました」

両親は顔を見合わせ、目と目で語り合ったように見えた。そして最後は、あたしの決断を認め応援してくれた。

「ふーん、やるじゃん。切り出すのは恐かったろ？」

「夢を叶えるためですから、根性を絞り出さないと」

「いいね、根性。この業界、根性のないやつは務まらないから」

その言葉は花野井さんを満足させたようだ。彼はにっと唇の端を上げてから、あたしの瞳を覗き込むようにして続けた。

「そんな目ができるようになったなら、京汰とヨリ戻してもいいんじゃないの？」

不意打ちのように耳に飛び込んできた名前に、心臓がぎゅっと収縮する。

椿君――。

会いたい。

夢を見つけたことを話したい。

抱き合って、キスして、笑い合いたい。

だけど、

「まだだめです」

あたしは想いを封じ込めるようにきっぱりと言った。

「なんで？　君らが別れた理由って、要はつばきちゃんが卑屈だったせいだろ？」

「……はっきり言いますね。というか、距離を置いただけで別れてません」

そう前置きしてから、あたしはお店の鏡を見据えた。ポニーテールの自分は普段よりも凛々しく見える。

「確かにあたしはやりたいことを見つけて、こうして夢に向かい始めたけど、それだけなんです。スタートラインに立っただけで、走り出してもいないし、走るための足も作れてません。まだ何も摑めてないまま椿君のところに戻っても、また繰り返しになる気がするんです」

今までのあたしは、お母さんを喜ばせたいとか、椿君に釣り合うようになりたいとか、そんなことしか考えていなかった。いつも他人が基準で、自分というものを持っていなかった。でもそれでは、自信なんてきっと永遠に身に付かない。

「椿君はこういうあたしを好きになってくれたんだって胸を張って言えるように、まずは独り立ちできるようにならなくちゃ！」

最後は自分に発破をかけるような言い方になったあたしを、花野井さんはしげしげと見た。鏡越しにその視線に気付き、あたしははっとして箒を動かし始める。

「す、すみません。仕事中になんか語っちゃって」

「いや、つばきちゃんってほんと真面目だよね。褒め言葉だよ。美容師に向いてる」

「あ……ありがとうございます！」

それからのあたしは、花野井さんに褒められた根性と真面目さをフルに発揮して、一生懸命に働いた。掃除、受付、道具の準備や片付け、美容師のアシスタント。

だんだん慣れてきて、させてもらえることが増えてくると、今自分に何が求められているのかを考えて動けるようになる。そうやって自分の役割が見えてくると、仕事はますます楽しくなった。もちろんプロの技術を盗むことも忘れない。

家に帰る頃には毎日へとへとだけど、充実した毎日だ。

そうして忙しく十日ほどが過ぎた頃、閉店後の後片付けをしていたあたしを、花野井さんが呼び止めた。

「つばきちゃん、明日からシャンプーの練習始めようか」

「えっ⁉　いいんですか？」

「本当はまだ早いんだけど、がんばってるから特別。……っていうのは嘘で、実際は手が足りないから即戦力が欲しいんだよ」

「やらせてください！」

「じゃあ通常業務の後になるから、もう少し帰りが遅くなるってご両親に言っといて。

それと来週の二十四日、クリスマスイブなんだけど、シフト入れちゃっていい?」

クリスマスイブ。その言葉にドキッと鼓動が跳ねた。

椿君の笑顔が胸を過ぎり、切なさに息が止まりそうになる。

「どうかした?」

「……いえ、大丈夫です。がんばります!」

あたしは笑って元気よく答えた。エプロンの裾をきつく握り締めながら。

誰かがつけたラジオから、女性DJの弾んだ声が流れてくる。

『クリスマス頃に見られる、こぐま座流星群ってご存知ですか? 今年はなんと、イブにきれいに見えそうなんですって! ロマンチックな天体ショーを、大切な人と一緒にぜひ……』

あたしは聞こえないふりをして後片付けを再開した。


クリスマスイブはどんよりと曇っていた。この分だとホワイトクリスマスになるかもしれない。

たぶん星は見えないだろう。よかった、これで諦めがつく。

雲間から弱々しく漏れてくる光を避けるように目を伏せ、あたしは予定通りに出勤した。学校はもう冬休みに入っているので、今日は朝から晩まで一日中だ。

前々から聞いていたけど、クリスマスイブの美容室の忙しさは想像以上だった。戦場と呼んでも過言ではない。でも美容師たちは苦しそうな顔も切羽詰った様子も見せず、にこやかに談笑しながらきっちりと注文をこなしている。

誰かのため、あるいは自分のためにきれいになって、幸せそうに出ていくお客さんたち。プロの仕事に感動しながら、あたしも未熟なりにできることをしようと走り回った。そうしている間は、流星群のことも椿君のことも考えずにいられた。

「ありがとう」

最後のお客さんが満足そうに言って出ていった。煌びやかに装ったその後ろ姿を、あたしはぼんやりと見送る。これから恋人とディナーにでも行くんだろうか。

「お疲れ様」

ぽんと肩を叩かれて振り返ると、声をかけてくれた花野井さんは、怪訝そうに眉を動かした。

「よくやってくれて助かったって褒めようと思ったのに、なんでそんな浮かない顔してんの？　俺が見てない時にミスでもした？　それとも思ったよりキツかったんで嫌になった？」

「違います！　仕事はすごく楽しかったです。ただ……」

「お客さんが羨ましくなった？」

あっさり図星を指され、あたしは少したためらったものの素直に頷く。

自分の選択を後悔してはいないけど、もし椿君と距離を置いていなかったら、今日のあたしはあんな風だったかもしれない。仕事用のエプロン姿じゃなく、目一杯おしゃれをして。髪を華やかにアレンジして。できるかぎりかわいいあたしになって、ドキドキしながら椿君のもとへと急ぐ。

あたしは半ば無意識に空を見上げた。今にも降り出しそうな空。星なんか一つも見えない。

そう、伊豆だって同じだろう。あの天文台に行ったってしかたない。流星群は見えないし、きっと椿君も来ない。

――約束な。

ふっと甦った声が、耳の奥をくすぐった。

トクン、と心臓が音を立てる。一つの衝動が生まれ、鼓動を刻むごとに強くなっていく。

「イブはみんなでメシ行くんだけど、つばきちゃんも来る？　それとも――」

花野井さんの問いかけに、あたしはある答えを返した。すると彼はおもしろそうに口端を上げ、あたしを自分の車へと誘った。

　戸惑うあたしを助手席に乗せ、花野井さんの車は聖夜の街へと滑り出した。


「本当によかったんですか？」

　高速道路に入ったところで、あたしはもう何度目かになる質問をした。

　ハンドルを握る花野井さんは、辟易したようにため息をつく。

「君もしつこいね」

「だっててっきり駅までだと思ったのに、まさか伊豆まで送ってくれるなんて。おまけにお母さんにもうまく説明してくれて」

「言ったろ。一番弟子の一大事なんだから協力くらいするって。それに京汰と君が別れることになったのは、俺にも責任の一端がある……かもしれないし」

「だから別れてませんってば」

「つばきちゃんはそのつもりでも、向こうはどうだかね」

　あたしはびくっとして窓の方へと顔を背けた。花野井さんらしい辛口の冗談だとわかっていても、今は平静でいられない。

　あたしと椿君はまだ仲直りをしていない。菜奈さんのこともお母さんのことも、何も解決していない。今日の約束について確認したわけでもない。

椿君は来ないかもしれないんだ。

車窓を流れていく灯かりが急に頼りなく思えて、行く先が見えないような不安に駆られる。暗い窓に映る自分の顔が、今にも泣き出しそうに歪む。

あたしは慌ててぎゅっと目を閉じ、再び開けて自分の頭を見た。車に乗り込んですぐにアレンジした髪。ウェーブをつけることはできなかったけど、サイドを細く編んだこのスタイルは、初めて椿君とデートした時と同じだ。

椿君がかわいいといってくれたあの日。

最低な人だと思いながら、それなのに彼を好きになってしまった日。

今日、また恋をはじめたい——。

輝く北極星に願いをかける。

伊豆に入った頃から、とうとう雪が舞い始めた。閑静な別荘地に近づくにつれ、闇はどんどん深くなり、ヘッドライトで照らしていないとアスファルトと草の区別も付かない。

花野井さんは車で登れるぎりぎりのところで路肩に停めると、あたしに向かって人差し指を立てた。

「一時間」

「え？」

「電車やバスも終わって、帰りの足がないと困るだろ。俺はここで待ってるから、一時間経ってもあいつが来なかったら、その時は戻ってくるんだ」

彼の瞳はいつになく真剣で、やけに優しい。天候も天候だし、来ないだろうと思っているのかもしれない。

「……はい」

覚悟を決めて頷き、赤いコートの裾を翻して車を降りた。とたんに冷気が肌を撫で、全身の神経がきりりと引き締まる。

あたしはとっさに竦めそうになった首を、意識してすっと伸ばした。

進むんだ、前に。

ここからは遊歩道のような細道を行くしかなかったけど、前に歩いたビーチからの道のりに比べて、その距離は短かった。だんだんと目が慣れて、歩幅が大きくなっていく。

すぐにロッジ風の別荘が現れ、その近くには、あのドームが見えた。去年、補修工事をしたという話だったけど、外観は特に変わっていない。

あたしは妙に強張ったような足を動かしてそれに近づき、階段を上り、そして入り口の前に立った。心臓が早鐘を打つのを感じながら、深呼吸して扉を開ける。

つばき――一瞬、椿君の声が聞こえたような気がした。振り返る笑顔が見えたと思った。

でもそれは幻でしかなくて、天体望遠鏡の前には誰もいない。自分の鼓動の他は何も聞こえない。

詰めていた息を吐くと、暗闇の中に白く浮かび上がった。緊張しているせいか寒さはあんまり感じないけど、がらんとした天文台の中はずいぶんと冷えるようだ。

望遠鏡の前の椅子に腰掛け、腕時計を見る。十一時過ぎ。十二時までに椿君が現れなければ、あたしは彼に会えないまま、あたしたちは元に戻れないまま、引き返さないといけない。

十二時までに、か。まるでシンデレラみたいだ。頭の片隅でそんなことを考えたら、観覧車でスリッパを履かせてくれた椿君の姿が思い出された。あの時、スリッパがガラスの靴に見えたっけ。椿君はあたしの王子様だと思った。

信じていた、ずっと一緒だと。

ううん、今も信じている。

信じたい。

立ち上がって窓の鎧戸を開けると、四角く切り取られた夜空が見えた。いつの間にか雪は止んで、雲が切れ始めたようだ。

仄かな星明かりを浴びながら、ひたすらに待つ。小さな物音にもはっと耳をそばだて、五分ごとに時計を確認して。

けれどついに針が十二時を指した時、入り口の扉は閉ざされたままだった。

椿君は、来なかった。

ひとりきりで見上げる空から、流れ星が一つ滑り落ちる。二つ、三つ、数え切れないほど。こぐま座流星群――。

あたしは魂が抜けたようにふらりとして、鎧戸を閉めようとした。

その時だ。

背後の扉が勢いよく開け放たれた。

弾かれたように振り返ると、そこには見慣れたシルエットが、見たくてたまらなかったシルエットがあった。星明かりに照らし出される涼しげな顔立ち。でも今は汗が滲み、頬も紅潮しているようだ。

「椿、君……」

「何、驚いてんだよ」

こともなげに言う椿君の口からは、忙《せわ》しなく真っ白な息が吐き出されている。

「終電に乗り損ねて、すげー焦った。バイト代が全部タクシー代に消えたよ」

「そうまでして、来てくれたんだ」

「来るって約束だったろ」

「走って……？」

問いかけが最後まで声にならない。

「おまえが待ってると思ったから」

椿君は迷いのない口調で答えた。

「おまえはクソ真面目だから、約束は破んねえだろ？」

「破らないよ。椿君との約束は、絶対」

今日、ここで一緒に流星群を見ようと約束した。

好きだと告げた言葉を、裏切らないと約束した。

椿君も守ってくれたんだ。

あたしを信じると言ってくれた、あの言葉を。

あたしの目が潤み始めたことに気付いて、椿君は困ったように微笑んだ。ゆっくりと近づいてきて、すぐ目の前に立つ。

「菜奈のことだけど」

「いいよ、もう」

これからは、あたしも少しは自信が持てそうだから。それに今日、あたしのところへ来てくれたから。

だけど椿君はその言葉を無視して話し始めた。

「あいつとは会った時から話が合って、よくつるんでたんだ。当時の俺はすげーガキで、そういう付き合いの延長線上で考えなしにやった。あいつの方はそうじゃなかったなんて、まったく気付かずに」

やった――過去は気にしないと決めても、やっぱり胸に刺さる事実だ。睫毛を伏せるあたしを見下ろして、椿君は淡々と続ける。

「やった後、菜奈は友達のままでいようって言ってきた。俺もそれで構わなかった。でもあいつは、本当は俺のことが好きだったって」

「言われたの？」

あたしはびくっと顔を上げた。

「ああ。ここへ向かう途中に電話で。あいつの高校の天文部のＯＢが車出してくれるとかで、一緒に星を観に行こうって誘いの電話だったんだけど、俺が断ったらそんな話になったんだ」

椿君はまっすぐあたしを見て、後ろめたさなんか少しもない様子で答えた。

詳しい人たち同士での天体観測なら、きっと有意義な時間が過ごせただろうに、彼はそれを断ってあたしを選んでくれたんだ。心がじんわりと温かくなり、硬くなっていた体が解れる。

「女って鋭いよな。菜奈は当時、告白したら関係が壊れそうな気がして言えなかったんだってさ。当たってるよ。もし好きだって言われて『女』を見せられてたら、ダチじゃいられなかったから」

「そうだったね……」

去年の夏、あたしもこの場所で椿君にふられた。彼は女を信じていなかったから。

じっと見つめられ、心臓がトクンと優しい音を立てる。

「それを変えたのは、つばき、おまえだった」

ところが、椿君は急にがらっと態度を変えて呆れたように言った。

「ほんと無茶だったよな、夜の学校に忍び込んで呼び出すなんて。だいたい、お誕生日会なんて小学生かっつーの。誕プレはまさかの分割方式だし」

「だ、だって、あの時は他に方法が思いつかなかったんだもん。そもそも先に子どもっぽく無視してきたのはそっち……」

「――すげー嬉しかった」

むきになって言い返していたあたしは、思いがけない笑顔に言葉をなくした。

眩《まぶ》しいものを見るみたいに細められた目。そんな風に見られたら、胸がいっぱいになって何も言えなくなる。

「おまえは要領は悪いけど、めちゃくちゃ根性があって、いつでも直球で向かってきて、そういうとこに何度も救われた。おまえがいなきゃ、俺は今もサイテーのままだったよ」

「あたし、そんな大した人間じゃ……」

「そうか？　親父もおまえのおかげで変われたっつってたけど。プラネタリウムで会ったんだって？　俺の髪切ったと思ったら、今度は親父かよ」

椿君は軽い笑い声を立て、口元にその笑いを残したまま言った。

「親父さ、おまえのおかげで母さんに会いに行けたってさ」

あたしははっと目を瞠る。

「椿君、今、母さんって……」

ずっと吐き捨てるように「あの女」と呼んでいたのに。

椿君はほんの少しだけはにかんだ表情を見せた。

「見舞いから帰ってきた親父に言われたんだ。人生なんて宇宙から見たらあっという間だって。短い時間しかないのに、自分の気持ちから目を逸らしてる暇はないって。母さんを許せないのは本当は愛してるからじゃないのか、なんて、そんなクサイ台詞、似合わねえっつーの」

嘲るような言い方をしているけど、その目つきは優しい。

「会ってみたら、母さんは小さくて頼りなかった。おまえの言ってた通り、俺に会いたかったって泣いてたよ。……って、なんでおまえが泣くんだよ」

「だって……よかった」

椿君の心の傷が癒えて。あんな冷たい表情でお母さんのことを語るなんて、悲しすぎるから。

椿君は苦笑して、あたしの両肩にそっと手を置いた。

「俺を変えようとしたやつなんて、おまえしかいない。おまえを信じてみて正解だったよ」

そのまま抱き締められ、彼の胸に顔を埋《うず》める。お互いの体温が溶け合っていく。

つばきなら、信じてみてもいいって思ったから——あの言葉をくれた、両想いになった夜みたいに。ううん、あの時よりも深く。

「あたしも椿君に報告することがあるの」

椿君のパーカーを濡らしながら鼻声で言った。

一方、応える彼の声はなんとなく意地が悪い。

「何？　モデルデビューしたこと？」

「モデル？」

「ヘアカタログに載ってたじゃん。嬉しそーな顔して」

「あれは……掲載されるなんて知らなくて……っ」

釈明しようと慌てて顔を上げかけたら、後頭部を押さえられて強く胸に押し付けられた。

「見んな。みっともねー顔してるから」

「え？」

「あの写真見た時、正直ムカついた。俺のいねーとこで、俺の知らねーあんな顔しやがって」

「あれはバイトが決まって嬉しくて」

「知ってる」

椿君は心から情けなさそうにため息をついた。

「おまえの妹から西希経由で聞いて、美容室まで行ったんだ。そしたらおまえが働いてんのが外から見えた。すげー必死で、そのくせ楽しそうでさ。だから声かけるのやめて帰ったんだ」

「そうだったんだ。全然、気付かなかったよ」

「おまえは二つのことが同時にできるタイプじゃねえもんな。視野、狭いし」

「悪かったわね」

そう毒づいたものの、椿君の言う通りだ。お母さんのために勉強すること、いい大学を目指すこと、椿君に合わせて背伸びすること、あたしはいつも一つのことだけに捉われて大切なことを見落とす。

「でも、あたしにも夢ができたの」

「へえ？」

「美容師になりたい」

「いい夢じゃん。おまえに合ってる」

優しい声にぎゅっと心を掴まれて、あたしも椿君の体をぎゅっと抱き締めた。

椿君に恋をしたおかげで、あたしは自分をちゃんと見つめることができた。あたしはあたしを見つけられた。

「椿君のおかげだよ」

あたしはあたしのままでいよう。

あたしを信じて、あたしを愛してくれた椿君を信じよう。

椿君はそっとあたしの頭を浮かせ、親指で涙を拭ってくれた。それから、どこかぎこちない口調で尋ねた。

「……コクっていいか？」

言葉も態度も意外すぎて、あたしは目を丸くする。よく見ると、頬が微かに赤いようだ。

「椿君らしくない」

「うるせえ。自分からコクるなんて初めてなんだよ」

——初めて。

あたしははっとして椿君を見つめた。

椿君は物慣れていて、何もかもあたしばっかり初めてなんだと思っていた。

でもそうか、椿君も。

胸が熱くなって、せっかく拭ってもらった涙が溢れそうになる。でも初めての椿君をちゃんと見ていたかったから、懸命に堪えて言葉を待った。

椿君が静かに息を吸う。

「——おまえが好きだ」

ああ、もうだめだ。目の縁いっぱいに溜まった涙が、堰を切って溢れ出す。

「あたしも、椿君が大好きです……！」

初めて告白した時には、受け取ってもらえなかった想い。

それが届いて、同じ想いを返してもらえる。

幾億の星の中、同じ地球の、同じ国に生まれて。

大勢の人の中、出会って、その一人だけが特別になって。

恋人になるって、なんて気の遠くなる、奇跡みたいな確率なんだろう。

あたしたちはどちらからともなくキスをした。

この奇跡がずっと続きますように。

祈りながら、抱き合って床に倒れ込む。

最後の流れ星が見えた。

椿君の唇が熱を増した。

彼の汗があたしの肌に滴り落ちる様は、星が降ってくるみたいだ。

生まれたままの姿で抱き合い、強く深く繋がる。

その腕の中で眠りに落ちる瞬間、椿君の優しい声を聞いた気がした。

「……愛してる」


翌朝、一つの毛布に包《くる》まって目を覚ましたあたしたちは、天文台の外にある小さな展望スペースに出た。

早朝の清らかな空気の中、空がしらじらと明けてきて、遠く湾曲した水平線が輝き始める。

あたしは静かに自分の胸元を見下ろした。

冬の柔らかな朝日に煌めくのは、可憐なデザインのペンダント。華奢《きやしや》なチェーンに、椿の花とTの文字を象ったチャームが付いている。

起きたら首にかけられていた、椿君からのクリスマスプレゼントだ。

「きれい……」

「俺とおまえを繋ぐもんなら、これしかねえと思ってさ」

椿とつばき。

いつかその名前が一つに繋がるなんて、そんな、今以上の奇跡を夢見てもいいのかな。

「ごめんね。あたし、いっぱいいっぱいで何もプレゼント用意してなくて」

「何もいらねーよ。つばきが俺のものでいるだけで」

「え……？」

「いるだけでいいっつってんの」

なんて、特別な言葉。

目を瞠って隣を見ると、強く肩を抱き寄せられた。

瞳を見交わし、頭をくっつけ合って微笑む。

最低の高校で訪れた、最悪の出会い。

恋なんてはじまるわけがないと思った。

だけど。
初めてのキス。
初めての恋。
初めての彼。
初めての人。
それが椿君で、本当によかった。

あの日はじめたあたしたちの恋は、これからも、きっとずっと続いていく。
唇を重ねるあたしたちの間で、椿のペンダントがそっと輝いていた。

小学館文庫
好評既刊

太陽の村
朱川湊人《しゅかわみなと》
飛行機事故にあった主人公が漂着したのはド田舎の村。直木賞作家、新境地のノンストップエンタテインメント。

苺畑《いちごばたけ》の午前5時
松村雄策
ビートルズとともに60年代を生きた、東京の少年の物語。ビートルズを心から愛する著者による唯一の小説が復活。

冥闇《めいあん》
ギリアン・フリン
中谷友紀子／訳
24年前、母と2人の姉が惨殺され、兄が犯人として逮捕された主人公のもとに「殺人クラブ」への出席依頼が…。

逆説の日本史　別巻2
ニッポン風土記［東日本編］
井沢元彦
我々はいつから「日本人」となったのか。北陸道、東海道、東山道ほかのお国柄から日本のルーツまで逆説史観で解明。

綱引いちゃった！
大石直紀
リストラ寸前の給食センターの女性たちが人生をかけて競技綱引きに挑戦する。実話に基づく同名映画ノベライズ。

逆説の日本史　別巻1
ニッポン風土記［西日本編］
井沢元彦
450万部突破の歴史ノンフィクション『逆説の日本史』が10倍面白くなる［別巻シリーズ］がいよいよ刊行開始！

本書のプロフィール

本書は、コミック『今日、恋をはじめます』（作／水波風南）を原作とした映画『今日、恋をはじめます』の脚本（浅野妙子）をもとに著者が書き下ろしたノベライズ作品です。

小学館文庫

今日《きょう》、恋《こい》をはじめます

著者 高瀬《たかせ》ゆのか
原作 水波風南《みなみかなん》 脚本 浅野妙子《あさのたえこ》

二〇一二年十一月十一日 初版第一刷発行

発行人 丸澤 滋
発行所 株式会社 小学館
〒一〇一－八〇〇一
東京都千代田区一ッ橋二－三－一
電話 編集〇三－三二三〇－五四五五
販売〇三－五二八一－三五五五
印刷所――――図書印刷株式会社

この文庫の詳しい内容はインターネットで24時間ご覧になれます。
小学館公式ホームページ http://www.shogakukan.co.jp

ISBN978-4-09-408776-5